星海社 FICTIONS

ようこそ哲学メイド喫茶ソファンディへ

逢坂千紘

Illustration／西尾雄太

星海社

CONTENTS

ようこそ哲学メイド喫茶ソファンディへ

逢坂千紘
Illustration 西尾雄太
Chihiro Aisaka
illustrated by Yuhta Nishio

welcome to
Maid Café Philosophique
"Sophandi"

Ein philosophisches Problem hat die Form: »Ich kenne mich nicht aus.«

哲学の問題というのは、「私は途方にくれている」という形をとる。

——ヴィトゲンシュタイン『哲学探究』1－123

第一章

ある日のオープニング

welcome to
Maid Café Philosophique
"Sophandi"

「友だちはおるか」

「友だちですか。クラスとか部活とかになら何人か」

「塾にはおらんのか」

「うちは貧乏なので塾は行ってません」

変なことを聞いてしまった、という表情で、すこしだけ間をとってくれた。

私は七十代も後半ぐらいであろう風貌《ふうぼう》の老人と向かい合っている。

柄物《がらもの》のネクタイに、ダークグレーのカーディガン、黒いテーラードのジャケットに、インディゴブルーのジーパンは裾《すそ》を折り返している。丸いハットをかぶって、オーダーメイドのような丸眼鏡、ポインテッドトゥの革靴が彼のなかに宿る若さを見せていた。

何冊もの哲学書がオブジェのように置かれているメイド喫茶《きっさ》の休憩室。

派手な衣装、洋風の食器、簡易的な寝具、テレビ。

休憩室というのは、衣装室にもなれば、食事室にもなるし、寝室にもなれば、テレビを観るための茶の間にも、面接室にもなる。

きっとこの部屋では、たくさんのメイドさんが、学校の宿題をしたり、メイクをしたり、コンビニで買ってきた弁当を食べたり、連休の疲れから仮眠をとったり、テレビを観て盛り上がったりしているのだろう。そういう想像が容易にできるような、応用が利《き》く部屋に思えた。

——友だちはいるのか。

問われていることはシンプルで、わかりやすくて、もっとも答えにくいものだった。

オープニングがクライマックスで、もしこれがアクション映画だったら、開始早々の大ピンチ、主人公は見事に大脱出、という場面だったかもしれない。けれど私はどこまでいっても平凡で、ここでは船が沈むこともなく、ミイラに追われることもなく、テロリストと命懸《が》けのバトルをするわけでもなく、無難《ぶなん》に答えながらどこかでのんびりと脱出すればよかった。

「そうか、すまない。では愛されておるか」

「愛されるってだれにですか」

「たとえば親とか」

「さあ、わかりません。そんな関係性でもないですし、私が普通に暮らしているということは、そこそこ愛されているということだと思いますけど」

「それは親の義務だからじゃあないのか」

親の義務、あまり気にしたことはなかったけれど、なんとも嫌な感じのすることばだった。

親だって完璧な人間ではない。愛せないときだってあるし、愛しすぎるときだってある。子どもを傷つけないで育てることもできないだろうし、傷つかない頑丈《がんじょう》な子どもだっていない。

「義務で不十分なことはないと思います。過剰に愛されるよりも、義務のうちで愛していてもらいたいです、私は」

「友だちには愛されておるのか」

「それもわかりませんけど、愛されてるんじゃないかと思います」

「根拠がある、ようだ」

「根拠ってほど優秀なものじゃないですよ。でも、適度な距離を保ってくれているなって、いつも思うんです」

「いつも側にいるような、ずっと友だちだねと互《たが》いで言い合えるような友だちはおるのか」

「いないと思います」

「ほしいとは願わないのか」

「願いません。もっと先のことを考えているんです」

「よくわからんが、それは、何年後、といったような未来のこと」

「そうです。何年後、もしかしたら十何年もあと、何十年もあとのことかもしれません」

「かもしれない、というのはわからんなあ」

「時間だけが確定的ではないということです。きっと未来で大人になった私は、いまべったりとくっついていた校友よりも、ほんとうに適切な距離で覗《のぞ》き込み合っていた友人と、親睦《しんぼく》を深めると思うんですね」

「はじめて聞く意見じゃな。自身に欠けているものはあると思うか。これで最後にしよう」

「ありがとうございます。欠けているものはないと思います」

「理由は」

「完全であったためしが、私には一度もないからです」

「だから欠けていない」

「はい。欠けようがない。欠け始めることさえできない。私には、欠けるための条件が欠けているんですね」

「おもしろいことばの綾《あや》を聞けた。最後と言ったが、もうひとつだけ許しておくれ」

「もちろん、です」

「接客はできるかね」

「得意分野です」

私は休憩室から脱出する。

店舗から離れたところで、水筒に入れた甘めの紅茶を飲む。液体が喉《のど》を通って胃に落ちてゆき、じぶんの高ぶった気持ちも落着してゆく。

私の処遇はその場で合格と決まった。

貧乏だと言ったのが同情を誘ったのだろうか。それとも、接客が得意だと虚勢《きょせい》を張ったのがよかったのだろうか。それとも使えなそうな高校生に逆張りするような、ギャンブラーなのか。

——欠けているものはあると思うか。

どんな意味の問いなんだろう。もし生々《なまなま》しい意味だとしたら、私は欠けているのかもしれない。貧乏な家に生まれたし、幼いころに家から父がいなくなり、学校の友だちも多くない。熱望するような進路もなければ、将来の夢みたいなものもない。今日の面接でさえ、非常に面倒だった。

「あんまり深く考えないほうがいいか」

緊張の余韻《よいん》と邪念《じゃねん》を払い飛ばし、メッセージアプリで母親に連絡をした。

仕事を紹介してくれた歌穂《かほ》には電話で速報をする。

「でしょ」

「もしもし、まだなにも言ってないでしょ」

「連絡手段に電話を選んでいる時点で決まりだよ」

ああ、と情けない声を漏《も》らしてしまった。

「たしかに言われてみれば。電話って思ってたより情報量が多いね。で、改めてだけど受かりました」

「うんうん」

「紹介ありがとう」

「で、どうだった？」

「変な質問ばっかりだった」

「貴様はなぜ生きるのか、みたいな？」

「そこまでディープじゃないけど、なんか愛されてるか、みたいな」

「それは私が紹介したことと関係ないよ」

「どういうこと？」

「働き始めたら、わかる」

「歌穂のもったいぶる癖《くせ》」

「ジェーケーらしいでしょ」

女子高生ということばの器《うつわ》が広いおかげで、私も歌穂とおなじ女子高生なんだと言い張れる。だけど、女子高生としての私と、女子高生としての歌穂は大きく異なっていて、彼女のことばになにひとつ共感できなかった。

「女子高生ねえ」

「ううん、ちがうってば。ジェイとケイだよ。アルファベットの……あれ、何番目だっけ」

「十番目と十一番目」

たまたま隣り合った数字に歓喜する声が電波越しでも充分に伝わってきた。

「言いにくいんだけど、歌穂ってそんな間抜《まぬ》けだったっけ」

「言いにくいこと言っちゃったね。たぶん春休みだからかな」

春休みだもんねえ、と手堅《てがた》く同調したあと、じゃあそろそろ、ということで通話を終わらせた。

母からは、よかったね、というメッセージのあとに、一歩前進と印字された電子スタンプが送られていた。

高校二年生の春——その春がうららかとは言いがたくなるほど都会的な高校に通っている。

一年も経てば、それぞれの部活がどのような伝統を重視しているのかクラスメイトを通じてわかるようになる。野球部は迷惑な正論を口にし、サッカー部は日焼け度合いが即《すなわ》ち彼自身の株価となり、美術部は妄想の腕が上がった。陸上部は連帯感を履《は》きちがえ、バスケ部は汗臭くあるべきだという感じがし、軽音楽部はこれ見よがしにチューニングをするのがかっこいいらしい。

それぞれに直属の先輩がいて、それぞれに掟《おきて》があるはずで、それに染まってゆくのを遠巻きに見ていた。

あらゆる伝統がどうでもよく思えた。それらをしっかりとモノにしようと努力するクラスメイトの姿はどこかくだらなく、無意識のうちに軽蔑《けいべつ》していた。

朝練で疲れていることをアピールする野球部、深夜練だの徹夜練だのが楽しかったアピールをするダンス部、合宿練で山間を走ったアピールをするバスケ部。このまま部活動ごとの自己顕示《けんじ》欲が加速していけば、いよいよ、水泳部はドーバー海峡練、茶道部は中国練、美術部はパリの屋根裏練、合唱部は教会ゴスペル練、サッカー部は地球の裏側練とか言い始めるかもしれないと思えてならなかった。

春休みは、クラスメイトの拙《つたな》い自己アピールから逃れることのできる平和な期間。

それって恋愛だよねとか、それって好きなひとのことだよねとか、それって普通のことだよねとか、それって常識だよねとか、それって当たり前だよねとか、それって恥ずかしいことだよねとか、それって同情だよねとか、それって損だよねとか、それって……と、いちいち相手の概念を押しつけられないで済む穏やかな二週間。

きらきらとした陽射《ひざ》しが面接上がりの私を襲う。

その日光は幻のような強度で全身に照りつけた。ずっと浴び続けていたらすべての現実が幻想に傾いてゆくように思えるほど熱く、焦《こ》げ臭く、青春的な語法で私の真後ろに影を創《つく》った。

私は、一歩前進したのだろうか。

＊

家に帰ると母がいた。

リビングとは呼べないほど狭い居間《いま》で、小さい画面のテレビを観ている。芸能人の熱愛が発覚したとか、地方で殺人事件があったとか、そういうことに驚いたり憤《いきどお》ったりしていたのだろう。

「帰ったよ」

「おかえり、受かってよかったね」

母は振り向かずに言った。着やすそうなジャージ姿で、髪は寝乱れしており、生活にハリがないことを全身で主張しているように見えた。

なんだっけなあれ、と自ら情報を補足しようと努めている。べつに無理して会話を続けようとしなくていいものを。

「ストア系メイド喫茶ソファンディ」

「そんな名前だったっけ」

母の発言には、じぶんのキャパシティーを超えているので覚えることができません、という降参に近い意味合いが込められているように思えた。

——ほんとうは興味ないくせに。

そんな嫌味が出そうになるのを辛抱《しんぼう》強くおさえ、覚えにくい名前だからねという空《から》っぽな同調をする。その空虚さを見抜いたように、先とは異なる勢いで、でも顔はテレビに向けたまま、母が話を改めようとした。

「あのね、史乃《しの》」

そのことばと同時に、結論から切り出そうとしているのがわかった。

これが嫌な予感というもので、そしてそれは嫌な結論に決まっている。

自然と顔が引きつり、目が見えなくなり、心臓が重たくなる。私のことを大人だと思っているからこそ、こういう負担のかけかたをしてくるのだろう。

大人扱い。

そういうそれらすべてのことに過剰反応して嫌な空気を作り出しているのは私自身なのに、私は、嫌な空気だなあ、と心のなかで不愉快《ふゆかい》そうにぼやいた。

母は言い淀《よど》んでいる。ほんとうに淀んでいるのか、そういうポーズを見せてくれているのか、その正誤についてなにひとつわからなかったけれど、すくなくとも私は永遠のときを歩《あゆ》んだような気がした。

「史乃はもう気づいていると思うけれど、私、正式に離婚しようと思ってる」

知っていることだった。

おそらく私が既《すで》に合意しているとわかっているから、性急に結論を言い渡したのだろう。父は仕事ばかりで、子どもや家庭が嫌いで、母は芸術家になりたがっていて、自由を望んでいる。このふたりが離婚にたどり着かないはずがない。このふたりの導き出したいかにも正しい結論は、私という存在がずっと邪魔だったことを証明していて、余計《よけい》に心臓が重たくなる。

私は、ほんとうにこのふたりの子どもなんだろうか。

普通の家族だった瞬間が、一瞬でもあったのだろうか。

私は娘として何点だったのだろうか。

私は娘として居《い》てよかったのだろうか。

どれほど不安を抱えようとも、どれほど傷を負ったとしても、世界は、世間は、なんの配慮もなく、親からもらった身体を大事にしろとか、産んでくれた親には感謝しろとか、親を敬《うやま》えとか、なにがあっても親は味方だとか言い張って、私の観念をおびやかす。

ほんとうに、鬱陶《うっとう》しい。

父とはずっと会っていないし、十数年越しの離婚だろうと婚姻《こんいん》解消だろうと、私にとっては関係のない話。大人同士の話にすぎない。

それでもなにかを答えてあげなければいけない気がした。ドラマのように黙って部屋に閉じこもるのでは、まるで反対しているひとのアクションに思われてしまうから。なにか反応をすること、それが、求められている最良の娘しぐさなんだろう。

「異議ないよ」

私はできるだけ静かに答え、打ち切るようにして居間をあとにした。

ありがとう、と小さく聞こえたような気がしたけれど、それがテレビの音声なのか母のことばだったのか、はっきりと区別することはできなかった。

あらゆる複雑な感情が一気に押し寄せてきて、私は、それを受け止めるためにスローモーションのような鈍《にぶ》い時間の世界に入り込んだ。

それは自らズブっと『這入《はい》る』ような感覚でもあり、同時にスッと『入ってゆく』ような感覚でもあった。ひとつやふたつのことばでは表現できないほど、私は錯綜《さくそう》している微妙な感覚を抱きながら、遅れていて、老いていて、鈍ったらしい時間を生きていた。

細胞レベルで速度が遅くなっていくのを感じ、同時に意識は遠のいていった。

*

目を開ける。

私は天井を眺めていた。シール状の壁紙に皺《しわ》を見つけ、「あんなところに皺あったんだ」

と抑揚《よくよう》のないヘタな機械音声のようにつぶやく。

何時間ぐらい眠っていたのだろう。

そもそも眠っていたのか、気を失っていたのか。部屋に戻った安堵《あんど》で緊張感がなくなったから寝てしまったのか、部屋に戻ったのに極度の緊張状態を維持していたから防御反応で寝てしまったのか。クリアに判別できる居眠りではなかったように思える。

眠っていることの恐怖は、そのあいだ起こったことに対して無防備でしかありえないことだった。電車で居眠りをすれば盗みに遭《あ》うのとおなじで、私は私自身に起こることさえ知らないということがなによりも怖かった。

帰宅した時間から逆算して、だいたい五時間ほどは眠っていたらしい。春休み初日にして、ストレスから爆睡してしまうほど私は弱かったのだろうか。

今日の夕食のことや離婚後の親権についての情報を得るため居間へと向かうべきだった。

現在は九時過ぎ。

いつもならつまらないテレビ番組のつまらなそうな音声が聞こえてくるはずなのに、今日に限っては過剰なほどの静けさだった。

——もしかしてだれも居ない。

そうでなければ母は眠ったか、出かけたか。いつもとはちがう気配に、私は開扉《かいひ》することをひどくためらった。ドアを開ければ、あの狭くて、小汚くて、ガムを踏んづけたような痕《あと》の残っている居間があるはずなのに、まるでその先になにが待ち受けているかわからない悪魔の門に手をかけているように思えた。

いろいろなことを分析したり推察したりしているあいだにも、離婚の二文字が私の思考を摑んでいた。

私はどちらかと言うと父に憧れていた。幼いころ、狭いお風呂にふたりで入っていたころ、まだ子ども嫌いではなかったころの父をいつもいつも思い出す。ほとんど正方形の四角い風呂で、いま思うと父の膝《ひざ》はどれほど鋭い角度で曲がっていたのだろうと不思議なくらい窮屈《きゅうくつ》で、そんな父の苦労を知るよしもなく、私は父との風呂をほんとうに楽しんでいた。

なによりも憧れたのは、父が入ると浴槽の湯が荒波《あらなみ》のように暴走し、溢《あふ》れ出て、ザッバーンなのかバッシャーンなのか判別できないほどの轟音《ごうおん》が風呂場に響くことだった。父のいないところで私がそれを再演しようと思っても、ザバシャン……ピチョン……などといった無頼《ぶらい》な音しか創り出せず、カスタネットとティンパニーのような華やかさのちがいを感じていた。

それが、父との唯一の最高の思い出だった。

それでも父は私のことが嫌いらしい。ある日、父は育児放棄した。母はいつも悔しそうにその話をする。

「そうか、もう母じゃなくなるのかな。晴美《はるみ》さんになるのかな、どうでもいいけど」

母も母でおかしい。

美容室でパーマを当ててこいとお金をくれるのに、ブラジャーは買ってくれなかった。そんなもの買ってなにになると跳《は》ね返され、ずっと古くなったスポーツブラをするしかなかった。私が休憩しているときは勉強しろと言って、勉強しているときは勉強なんてしないでミュージカルを観ようと言って邪魔をする。

どんなときでもダブルスタンダードに響く母のことばを、私はひとりで処理してきた。ドアの前で立ち止まって過去の思い出を巡《めぐ》っていたら、いつの間にか目を潤《うる》ませていた。こんな私になりたかったのだったっけ、と自己嫌悪した。

母にも棄《す》てられてしまうのかもしれない。

私を棄てた父はどんなひとだったんだろう。

私はだれにどうやって育てられたんだろう。

私という存在は、いったいどこから来たんだろう。

一緒にお風呂に入っていたひとは、ほんとうに私の父だったのだろうか。

「どんなひとだったんだろう」

これまで気にしてこなかったことが、噴水のように湧いて出てくる。私が知らされていないだけで、実は橋の下で拾いました、なんて結末だってありえる。じぶんが愛されていなかった可能性を、何度も想像してしまう。

思い出というものは、その内容の善悪にかかわらず、繰り返すことができないという一点だけでひとを傷つけることができる。どんなに安全な場所でも、過去の記憶は襲いかかってくる。部屋のなかでさえ、私は安全ではない。

そうやって無駄な不安と闘いながら、私は、ドアひとつ開けることはできなかった。朝になるまで耳を澄ませていたけれど物音《ものおと》はしなかった。犬が吠《ほ》えなかったという否定情報から犯人を導き出したシャーロック・ホームズのように、私はこの家にだれもいないと結論づける。

「簡単なことだよ、ワトソンくん」

私は、ぬいぐるみに向かって小芝居《こしばい》を始めた。ぬいぐるみの世界は、私のさじ加減ひとつで平和にもなれば戦争にもなる。じぶんの支配力がまだこの世のどこかの小さな片隅《かたすみ》に存在していることを確認できる演劇的な空間だった。

ずっと耳を澄ませていたのに、なにも情報は得られなかった。私は考えなくていいところで露骨にリターンを考えてしまう。

「なんて言うんだっけ、こういうの」

経済の用語であったはず。私のケチな計算に、名前がついていたはず。思い出せずに携帯を開いた。

〈ページを表示できません。接続を確認してください〉

電波が入っていないときの反応が返ってきた。都会に住んでいることもあり、これまで電波の心配をしたことがなかった。原因がよくわからない。機内モードにもなっていない。故障は見られない。ためしに歌穂に電話してみても、電話中のようなトーキーが鳴るだけ。

私はようやくこの電話が使えないということに気がついた。

「簡単なことだよ、ミス史乃」

いくら一瞬とはいえ、ホームズの生まれ変わりを自負《じふ》したじぶんをイタイと感じることしかできなかった。

それはとても簡単なことで、私の携帯は契約が切れた、それだけのこと。名義人は母だったので、おそらく母が解約したということになる。だれにでもわかる線条《せんじょう》的な推理だった。

嫌な予感が連日訪れることとだってある。

情報収集がいままで以上に急務に感じられ、私は迷いやためらいの声を聞くことなく、居間に飛び出した。どんな不良少女よりも乱暴に、ドアを開けるという行為のすべての手続きを省略したように、一気に部屋を出た。

「なに、これ」

嫌な予感は、いつも私に嫌な結論を与えてくれる。昨日も、今日も、父が家からいなくなったあの日もおそらく私は、嫌な予感をいだいていたのだろう。

泣いてはいけない。

泣いている暇《ひま》があるなら、情報を集めなければいけない。

とにかく動かねばならない。

足を動かさねばならない。

けれども、私は動けなかった。

思考が止まるタイミングとシンクロして、足も手も、目を開けておく筋肉も、口を閉じておく筋肉も、私の身体の要所という要所が動かなくなった。

——私は物語の主人公になりたかった。

思考停止と疲労のなかで、ふとそんなことを思い出す。

だれかがこの世界を語ろうとしたとき、どうしても私にピントが合ってしまうような、私のことがいつだってくっきりと描かれる、そんな夢を見ていた。私を中心に、その他を周辺に収めたストーリーは完璧なまでに完璧で、不十分なことを探すことさえ難しい。すべてが十全で、万全で、純然であった。どんなひとでもしあわせで、どんなひとでも喜びに溢れていた。

かつて偉人は、小説家に自伝を書かせた。どんな人生を送ってきたかとか、どんな時期にだれと過ごしていたかとか、どんなひとに影響され、どんなひとに救われ、どんな恩があり、それをどうやって返してきたのかとか、あらゆる大災害は彼にとってという立場で語られ、あらゆる大事件が彼のなかでという意味づけで過ごされる。

私はそういうものにひどく憧れをいだいて、その憧憬《しょうけい》の念は小学生のときに現実の背後に隠されてしまった。

私の家は貧乏だった。

小学生のときには格差というものを理解し、その不十分さにうつむいたこともある。

歌穂の家には廊下《ろうか》があるのに、うちには廊下がなかった。

父はずっと働いていた気がするけれど、どういうわけだかうちには廊下ができなかった。

遊ぶときはいつも歌穂の家で、私はどれほど歌穂の家の洋菓子を食べ、歌穂の家の電気や水道を使い、歌穂の家の家具を劣化させただろうか。あのときの私はひとつひとつを記憶して、いつかそれを返せるようになったら返してやるんだと考えていた。

子どもは、決して大人のミニチュアなんかではなくて、ずっと頭がよい存在なのだろう。いまよりもずっと息の長い思考をし、力強い記憶を保とうと必死だった。あのときのじぶんに、いまの私は負けているような気がしてならなかった。いまの私は、どこか心まで貧乏臭くなってしまっている。

そう後ろ指をさしたのは、かつての私自身だった。

私はとにかく財布と化粧ポーチの入ったスクエアリュックだけを背負い、ひどい焦燥《しょうそう》感とともに家を飛び出した。

コンビニよりも近くにある歌穂の家を訪ねる。起き抜けの彼女が出迎えてくれた。部屋から廊下を歩き、下の階に降り、また廊下を歩いて玄関まで来る。玄関から冠木門《かぶきもん》までも距離がある。そういう立派な家だった。

「おはよう、どうしたの」

「えっと、おはよう、あのね、朝からごめんね。家にだれもいなくなったの」

「だれもって、ママさんも」

「ママも。家具も。全部いなくなりました」

「なりましたって、どういうことなの、夜逃げってこと」

「かもしれない。その前に離婚するって話をしてくれたの」

「わかんないから、とりあえず、史乃ん家に行こう。あ、でも私、十時からソファンディだから必要なものだけ準備させて」

「うん、わかった。ごめんね。待ってる」

＊

「なんていうか、ほんとうになにもないね」

「うん。私もちゃんと見るのはじめて」

「つらいね」

「つらいかも。でも予想外なだけで想定外じゃないかな」

「いつかはこうなるって思ってたってこと？」

「そうだね。早晩って感じ」

歌穂はすこしだけ肯定的な表情を作ってくれた。

私の言っていることや感覚に、おそらく共感することはできないはずなのに、それでも受け容《い》れようと努力してくれているのを感じた。きっとずっとむかしからしてくれていた努力と配慮で、私の家のことに関してなにかを言ったことは一度もない。きっと言いたかったことだってあるはずなのに。

「これから、どうするの」

「どうしよう。携帯も止まっちゃったから」

「ソファンディは？」

「できれば辞めたくない。お金は必要になるだろうし」

「ううん。そうじゃなくて、ソファンディに住めばって」

きっと私は要領を得ない顔の見本とでも言えてしまうような、情けない表情をしていたのだろう。

歌穂はソファンディの待遇について丁寧に説明してくれた。宿舎があり、住み込みで働けるよう歌穂がお願いしてくれるという。

「それなら話が変わってくるね」

「うん」

「いや、でも変わってないかも」

「え、なんで、変わってるでしょう」

「でもほら、親が親権放棄したら、私は施設に送られるわけだから」

「ほんとだ、うちのカフェ、きっとろくな施設じゃないからね」

まだ働いてもいない職場の悪口を言っているのはおかしかったけれど、きっと大した宿舎ではないのだろうとイメージしていた。

とにかく善は急げという合意のもと、ソファンディに急いだ。

捨てる神が捨てて、拾う神が拾ったというだけのことかもしれない。けれど、私にとっては、天国と地獄の往《ゆ》き来《き》にちがいなかった。

歌穂と一緒だったら、なんとなくうまくいくような気がした。

「こっちのほうに行くと宿舎だよ」

「あの老師《ろうし》がオーナー?」

「老師って磯崎《いそざき》さんのこと?」

「わからないけれど、私の面接してくれたテーラードジャケットのひと」

「それが磯崎さん。磯崎臣《じん》。老師ってウケる」

「なんでよ」

「そのひとがオーナーで、支配人で、老師」

「老師はいいって」

「あと、いちばん人気」

聞きちがいだと思って、会話が遅れてしまった。

唖然《あぜん》を表現している私に気づいて、システムについてはお楽しみに、と歌穂が付け足す。楽しみどころか、いまのところ絶望的に意味不明だった。

「関係者の名前を覚えるのは大切なことだからね」

「うん。そうだね」

ソファンディの宿舎はとても綺麗で、華やかで、宮殿的で、神殿的で、それは言いすぎだろうけれど、白を基調とした理想的にクラシカルな建物に見える。土地をモノにしており、それ一色の場所となっていた。どこを見ても西洋風の御屋敷《おやしき》のようで、ただただ広壮に文化財のような面《つら》をしながら堂々と空間を支配していた。

セレブと呼ばれる人種がカレンダーの日付の赤黒を問わず毎日のように集まり、社交パーティーでも催していそうな気品を訴えている。ピロティのあいだに趣味の悪そうなハイカルチャーでたやすく朽《く》ちてしまいそうなデザインの柱が何本も並んでおり、専門性の高そうな窓や扉がいくつか見えた。

ここに住むという想像がひとつも追いつかず、貧乏人としてのじぶんの生《お》い立ちに思いを馳《は》せるしかなかった。あまりに格が違いすぎる。

「すごい」

「住めるといいね」

「肝心だよね、そこが」

扉を押し開け、中に入る。

あまりの広さに、当たり前のように、私たちはロビーで足がすくんだ。

「来たはいいけど、どうするの？」

「考えてなかった、ごめん。それにしても広いね、だれかいないのかな」

入口付近でもたもたしてしまう。

もし警備員のようなひとに見つかって、不法侵入の罪になってしまったらどうしようという不安が色濃くなってゆく。

「昨日の、じゃな」

だれかに見つかった……！

胸の皮膚を突き破ってしまいそうなほど、私の心臓が跳ねた。

「磯崎さん、おはようございます」

歌穂は落ち着いて応答した。

声の正体は昨日の面接のひとだった。

「ああ、おはよう。そっちは昨日のじゃな」

「あ、はい、昨日面接を受けた茅場《かやば》です。とある事情があって、通いじゃなくて住み込みで働かせていただきたいなと思いまして」

磯崎さんは、わかった、と静かに断言して話を遮《さえぎ》る。

「では、試験の用意をするからついて来い」

試験があるなんて聞いてないよ、と私は歌穂に耳打ちした。私だって知らないよ、とわかりきっていた返事をする歌穂。私たちはたがいに免責しあいながら、磯崎さんの後ろに続いてゆくしかなかった。

赤絨毯《じゅうたん》を奥に進み、応接間のようなところに案内された。どこを見ても清潔に保たれていて、すこしだけ照明が暗い。

私と歌穂は別々に着席する。ふかふかした感覚に気をとられている場合ではない。

周りを見回すしか能のない私たちに、ようやくペンと消しゴムが与えられた。

「もったいぶっても仕様《しよう》がない。さっそく始めよう。問題用紙は一枚。制限時間は二十五分。終わったら先に提出してもよい」

始め、という弱々しい声がかかる。

私の未来がかかった突然の試験。問題用紙はたったの一枚。この紙切れ一枚で、すべてが試される。後悔しないように、いまは全力でやらなきゃ……。

——よし……！

大きく息を吸い、問題用紙を表にする。

そこには大きな空欄に、たったひとつだけ問題が添えられていた。

『過去・現在・未来、行為者本人も他のだれも望んでいないのにしたほうがいいことはあるか』

これは……なんの問題……？

初めて聞いた問いに、なぜだか一気に恥ずかしくなった。そもそも何回も読まないと意味が理解できない。

噛み砕かなければならない。

人類の未来を含めた歴史のなかで、たったひとりのひとにさえ望まれないことのなかにしたほうがいいことはあるのか、という理解でいいのかな……。

聞かれていることの意味はなんとなくわかる。だいじょうぶ。焦《あせ》らない。焦っちゃいけない。そわそわするな、どぎまぎするな。面食らったのは事実だけれど、うろたえている場合ではない。窮《きゅう》してなお心を定《さだ》めていなければ、理想的な思考なんてできやしない。歩き出さなければ、つまずくこともできない。

私が考えあぐねているあいだにも、歌穂は努《つと》めて回答していた。

——おなじ問題を解いているの……？

いまとなっては確認することのできない未確定の情報に、私の心は煽《あお》られる。

私はなにも思いつかない。書き出すべきことがわからない。

シンプルに考えよう。だれも望んでいないのに、したほうがいいこと。見つけ出すべきはひとつ、したほうがいいことだけ。したほうがいいことを洗い出して、そのなかからだれも望んでいないものを取り出せばいい。問われているのは、どれだけたくさんの立場を想定できるかなんだ。私の倫理観ではなくて、マクロでミクロな倫理観。むずかしくないのに、むずかしい。

ダメだ、早く考え始めよう。早く考え出そう。

——望まれていないのに、したほうがいいこと。

だめだ、ぜんぜんわからない。したほうがいいことは、この世にありふれていて、そのなかに望まれていないことがあるのかわからない。根本的にありえないようにさえ思える。

ここで私が、土台《どだい》無理なことですよと回答を放棄したらどうなるだろう。

問題を見下したニヒリストだと思われちゃうのだろうか。

——お願いだから落ち着いて考えて、私。

問題をちゃんと読もう。時間はまだある。

基本に立ち返ろう。

だれも望んでいないのにしたほうがいいことはあるか。直感的な違和感に答えを託《たく》すなら、それは『ない』になる。だから、ない理由を書いていけばいい。じゃあなぜ『ない』と言えるのか。それは、わからない……。

ごめん、歌穂。私は落第《らくだい》かもしれない。

あるのかないのか、という問いかた自体、私には怪《あや》しく思えてくる。こんな大規模な話を、人間の頼りない認識だけで、あるだのないだの決めることができるのか……？

私は、もしかしたらなにひとつ答えてさえいない回答を作り上げた。答えられる部分を必死に答え、答えてはいけない部分を絶対に答えなかった。諦めない気持ちとか、回答への情熱とか、そういう小手先《こてさき》とも呼べないみすぼらしい自己主張を紙の上に走らせた。

時間になり、回答用紙が回収される。

早く帰って、ひとりになって泣きたい気分だった。

これほど絶望的な問いに答えなければ、可能性ひとつ摑むことはできないのだろうか。

私は神を憎むしかなかった。

「史乃……？」

「ダメだったかも、私」

表情の変わりようを見るに、歌穂は自信があるらしい。彼女もおなじ問題を答えたのか、いまさら確認する気にもなれない。

磯崎さんは、ふたつの回答を見ながらひとつも手を動かさない。

「合格発表」

その合図に私の喉の水分は消え失《う》せた。口のなかが渇《かわ》いているのか、心臓が乾《かわ》いているのか、そういう混乱したことを咄嗟《とっさ》に考える。受かってなかったらどこに住めばいいのだろうかとか、ここで働かせてもらえるのだろうかとか、思考がマイナスに向かって行き過ぎる。

嫌な予感というのは、嫌な結果でしかないから。

一緒に受かればいいのに、と偽善者のようなことを強く念じた。

「合格者は……」

磯崎さんはくだらなくなるほどに間をたっぷりととる。それは伝えまちがえないように頭のなかでゆっくり整理しているからなのか、エンターテインメント性を出そうと工夫しているのか、私にはわからなかった。

「日橋《ひのはし》歌穂のみ。以上がテスト結果となる」

磯崎さんは、発表だけ行いすみやかに退室した。

せっかく試験まで漕《こ》ぎ着けたのに、私の知力はあまりにも頼りなかった。

うまくいくはずだったシナリオは、登場人物によって誤訳され、文字化けし、永遠に読むことのできないなにかに成《な》り果《は》ててしまった。

「史乃！」

歌穂の突き破るような声に、私は息を止めた。

「とにかく外に行こう」

私たちは外で気持ちを落ち着かせる。

得意だと思っていたジャンルの問題で落ちたのも、精神的なダメージになっていた。

歌穂は、私の後ろを凝視している。私も振り返る。背後から見知らぬ女性が近づいていた。

黒のキャミソールワンピースがオーバーレースになっていて、白いインナーが透けて見えている。綺麗な黒髪がエアリーカールになっていて、ゆるくふわっとした雰囲気になっていた。

「おはようございます。日橋さん、茅場さん」

声をかけられ反射的に身構《みがま》える。

歌穂は朝らしい挨拶《あいさつ》をし、続くようにして私も挨拶をした。

「今朝オーナーから話を聞いたばかり。あなたが茅場さんね。はじめまして」

菜の花が萌《も》えそうな、あたたかく、春のイメージを重ねたような力みのない声だった。

私たちは、はじめまして、と改めて一礼する。

「私は古街由衣《ふるがいゆい》。メイド長だけれど、名前だけのポジションだからあまり気にしないで。古街でも由衣でも、好きなように呼んで。私は史乃ちゃんって呼ぶね。それにしても来るのって本来は明日で、どうもすごく浮かない雰囲気で、なにがあったか、私、聞いてもだいじょうぶかな？」

「あ、すみません。さっき、住み込みの申請をしたんですけれど、そのテストに私だけ落ちちゃって、どうすればいいんだろうって」

「なるほど、えっと、整理させてね。ふたりは住み込みで働きたくて、それをだれかにお願いしたらテストが始まって、そのテストに史乃ちゃんが落第しちゃったってことだよね」

改めて状況を整理され、じぶんの足手《あしで》まといっぷりに悲鳴を上げてしまいそうになる。

「まず、テストはきっとむずかしかったと思うけれど、住み込みのためのテストなんてものはないから、そんなに落ち込まないで」

住み込みのためのテストなんてものはない……？

由衣先輩のことばが私の思考回路を何度も反復する。

「どうせオーナー、えっと、磯崎さんでしょう。テストなんて真っ赤な嘘。あのひとのふざけた作り話」

「捏造《ねつぞう》ってことですか？」

「そう、あのひとのファンタジー。これぱかりはほんとうにオーナーがごめんなさいね。いきなりの大嘘で不信になってしまうかもしれないけれど、よくもわるくもああいうおふざけなひとなの」

なにがほんとうなのかわからなくなるけれど、由衣先輩を信じるなら、私は救われているかもしれない。

「……ほんとうなんですか？」

「レアリー・フォア・レアル。信じてもらってだいじょうぶだから。改めまして、入舎してくれてありがとう。今日からここがあなたたちの住む場所になります。だけど、この建物って、悪趣味はあっても歴史はないの。だからあなたたちが歴史を刻んでいってほしい。まあ、あまり気にしないで。家賃も光熱費も通信料も払わなくていいから、その分、歌穂ちゃんは裏の役回り、史乃ちゃんは表の役回りが希望だったよね、それを全《まっと》うできるよう気持ちを保ち続けて」

由衣先輩は、手を広げて歓迎の姿勢を見せた。

私たちが歴史を刻む。それぞれ別のしかたで、おなじ方角に向かって。

＊

私は引っ越しを始めた。

家に戻って必要なものをキャリーケースに詰めてゆく。母が買ってきた趣味の合わない洋服や、はじめて連れていってもらったテーマパークのお菓子の缶、どういう経緯で買ってもらったのかまったく不明なイノシシのぬいぐるみ。棄てられないものはいつも個人的な理由で棄てられない。

大きくて持ち出せないもの以外を、二回に分けて運び出した。

宿舎の自室は、パンパンに膨《ふく》れ上がったかばんやケース類を受け容れてくれたように感じる。整頓はできていないけれど、運び終えたことに満足する。いちばんの気がかりを成し遂《と》げたこともあって、ようやく地に足がついたような気がしてきた。

いよいよじぶんの生活が始まって、私はそのなかで生きてゆく。その当たり前のトートロジーに、なぜだか胸を熱くした。すくなくとも、この部屋には、この宿舎には、私の知らない新しい風が吹いているように感じられた。

内装の物色《ぶっしょく》を後回しにして、私は、宿舎のまえに立っている大樹《たいじゅ》の下までやってきた。周りには芝生《しばふ》が敷いてある。すこしだけ丘になっている。丘の静寂《しじま》に流れ込んだそよ風が気持ちよい。冬の寒さや寒《かん》の戻りを忘れさせる暖かな光を浴びて、じぶんがここになにをしに来たのか忘れそうになるほど恍惚《こうこつ》的な気分になる。

「あたたかい」

これまでの人生で、暖かいことがこれほど幸福と結びついていたことなんてあっただろうか。その暖かさは、私にとって、平和であり、救済であり、未来であった。いま私は未来に属していて、過去ではない。そういう前向きな心持ちが溢れすぎて我を忘れないようおさえるのがむずかしかった。

母は、まるでいなくなる時期が決まっていたかのように手際《てぎわ》よくいなくなり、歌穂に連れられて入ったお店には屋敷があり、捨てる神が捨てて、拾う神が拾った。

私は、春休みという端境《はざかい》期の魔物に誘われて、新しい人生を創作し始めてしまったのかもしれない。ここで新しくがんばるのも、悪くないかもしれない。

私は決意を新たにし、しばらくして、歌穂が手にお皿のようなものを持って帰ってきた。

「歌穂、おつかれさま」

「おつかれおつかれ」

はい、と言って渡してきたのはオムライスだった。

「オムライス?」

「うん、まかない」

「まかないなのはわかるよ」

「え、なんで?」

「いやだって、ケチャップでまかないって書いてあるじゃん。これ歌穂が作ったの?」

「そんなわけ。ていうか料理はキッチンの石巻《いしまき》さんの仕事だから」

通称は巻《まき》くんだよ、と付け足してくれた。

「そうなんだ。知らないひとだけど、茶目《ちゃめ》っ気《け》の強いひとなんだね」

「茶目っ気のかたまりかな。ギャガーらしいよ」

「ギャガーってなに？」

「私もわからない。俺はギャガーだって言ってたから。キャラ立ちしてていいよね」

「そんなメタ的に褒《ほ》めて喜ぶかな」

とにかく食べようという歌穂の合図でまかないをいただくことになった。

まかないというネーミングの料理を食べるのはこれがはじめてで、たしか失敗したものなどが残飯処理的な意味合いでスタッフに与えられるもののはず。

「うそ……？」

「史乃？」

「あ、ごめん、美味しいね……？」

「うちのオムライスを侮《あなど》るなかれ」

「まかないってマズイものだと思ってたから」

なにそれ、と笑い合った。歌穂は冗談で、私はやや本音混じりで。

まかないは、おそるおそる食べてみれば、なんのことはなく、ただの絶品オムライスだった。

「あとでお礼言わなくちゃ。あ、ごめん歌穂、名前なんだっけ」

「キャラ立ち男《お》だよ、忘れないで」

「キャラが立ってるならもっといいニックネームが絶対にあるよ」

「巻くんって、なんかちゃんとした愛称がないんだよね」

「ないんだ、ギャガーなのに。石巻《いしのまき》かほくっていう地方の新聞があるよね」

「それいいね、じゃあ、愛称は地方紙くんにしよっか」

今日の歌穂は、なにかとメタ的な方向に倒れ込んでくる。

私は諦めてまかないをほおばった。

なんとなく、新聞の、あの独特な香りがしたように思えた。

＊

「あ、いたいた、歌穂ちゃん、史乃ちゃん」

「あ、古街先輩、おつかれさまです」

歌穂に続くようにして、私も挨拶をした。

「ありがとう。ふたりもおつかれさま。見て回ってたの？」

「はい。お風呂と衣装室だっけ」

「うん、衣装室のワードローブ、アンティークっぽくてすごくよかったよね」

「あの部屋も自由に使ってもらってだいじょうぶだから。それと、あとで史乃ちゃんにお給仕《きゅうじ》の説明するけど、歌穂ちゃんもついでにいかが」

「もちろんついていきます」

「じゃあ、ふたりともこのあと部屋まで来てくれる？」

私たちは承諾して、それぞれの部屋に戻って準備をした。

筆記用具を持つだけなのにひどくマイペースに動く歌穂を急《せ》かして、由衣先輩が留守にしている部屋のまえで待機する。

「なんで歌穂もメモ帳なんか持ってるの」

「私、手帳がないと話の途中で寝ちゃうから」

「どういうシステム、それ」

「お、手帳に対してシステムって、史乃はおもしろいなあ」

「揚げてない足を取られた気分」

「言ってないギャグで笑われたいまのお気持ちは」

「急に親が夜逃げするほどの痛みって感じ」

タイムリーな冗談に、きつそうな表情で応戦する歌穂。

そんな他愛《たあい》もない話をしていたら、由衣先輩がスキップで着弾した。

部屋のなかに案内され、体育座りをする。すぐに紅茶とお菓子が用意された。

「ふたりとも揃ったね。それじゃあ説明をしていくんだけど、そのまえにすこしだけ雑談させてもらうね。史乃ちゃん引っ越しおつかれさま。ちゃんと運んだりできた？」

「はい、ありがとうございます。おかげさまで終わりました」

「要《い》らないものとか、結構出たんじゃないの」

「意外と捨てられなくて、持ってきちゃいました」

「へえ、なんで捨てられなかったの」

「普段は使わなくても、捨てる段《だん》になると大切に思えて。失ってはじめて気づく大切さ、みたいなやつです」

「それってよく聞く話だけれど、どうして失うときに気づくんだろうね」

ひどく嫌な予感がする。

「失ってからはじめて気づく大切さってよく言うけれど、ここでの大切さってなんのことだと思う？」

「物の、価値ですか」

歌穂も慎重に首肯《しゅこう》した。

「おそらくそうよね。でも、じぶんの手に入れていた物で、なおかつこれまで捨てずに所持していた物なのに、その価値に気づいてなかったなんてことあるかな」

いつの間にか議論のなかに放り込まれている。

日常的な会話から始まったので意識できなかった。

「ごめんなさいね、変な空気にして」

「あ、だいじょうぶです、必死に考えていただけなんで」

「史乃ちゃんはもう答えられますみたいな顔してる」

「私ってそんなわかりやすい表情してますか」

「とっても」

よくわからないけれど、なにかの自信を喪失した気がする。

「史乃はわかりやすいよ」

「歌穂に言われるとさらに自信なくすかも」

歌穂が喋《しゃべ》り出すとすこしだけ楽になる気がした。

嫌な予感というのは、嫌なことを望んでしまっている私のビハインドな気分である。

どんなに不吉《ふきつ》なことを言われたとしても、私が捨てられることはない。私が相当の努力をすれば、見放《みはな》されることもない。ここには本物の大人がたくさんいる。うちの母親とも父親ともちがう、マトモなひとが出揃《でそろ》っている。それに直感で気づいて、私は深く安心感をいだいていたのかもしれない。

「自信をなくすってことばも、まるで自信があった、みたいな言いかたなんだけれどね。それはいいとして、答えを教えてもらってもいい？」

「はい、おそらく、じぶんはロスをしていると思っちゃうんです。それを所持しているときのじぶんに比べて、失うとき、捨てるときのじぶんのほうが損失が大きい、という当たり前のことに傷つきたくなくて、大切さに気づいた、という言い訳を滑《すべ》り込ませている、そんな気がします」

「じゃあ、失ってはじめて大切さに気づいた、というのを史乃ちゃんなりに言い換《か》えるとどうなるかしら」

「失ったときの衝撃、捨てたときのショックを、その物の価値に加算して考えれば、じぶんの失った物にはじぶんの知っていた以上の価値があった、だと思います」

「その損失の衝撃を加えなかったとしたら？」

「価値はいままで通りに感じる、はず」

「ではなぜ、わざわざ心理的な衝撃を加算して考えるのかな」

「そっちのほうが好ましい結論になることを、知っているんだと思います」

「具体的にはどんな結論だと思う？」

「それは……じぶんはその物の価値に気づいていなかったから失ってしまったんだ、というゆがんだ責任転嫁《てんか》の結論です」

「つまり、失ったじぶんのかっこわるさを正当化している」

「たぶんそうです」

「まあいいでしょう。いきなりで飲み込めないかもしれないけれど、私たちのやることはこういったこと」

いきなりで飲み込めなかった。理解できなかった。メイドが寄ってたかって、ソクラテスのようにいやらしい質問を投げながら答弁するということなのだろうか。いったいどんな需要なのか想像もできなかった。

さすがに冗談の可能性を考えて横目で歌穂の顔色を窺う。歌穂はわかりやすくうなずいてから、がんばろうね、と言った。

私の不安はそれではなかった。

「うちのお店には三本柱があって、ひとつはメイドさんが若くて可愛いこと、ひとつは料理やドリンクがおいしいこと、もうひとつはものの見かたが変わること」

「ものの見かたですか」

「新しいなって思ったでしょう。お客様の話を聞いて、どうしてその結論になるのか考えて、アドバイスしたり、質問して別の結論を導いたり、ときには強く言うこともあるかな。ストア系っていうのは、古代ギリシアの哲学者たちが集まって議論していたホールみたいなところのこと。知ってた？」

「聞いたことありましたけど思いついてませんでした」

「私はお店のことだと思ってました！」

それ言うと思った、とふたり同時に笑った。

調子者なのか、間が抜けてるのか、歌穂はときどき予想以上に無邪気になる。

「ソファンディは、もちろん哲学のこと。ここからはサイトにも書いてあることだから一気に説明しちゃうけど、あとでわからなくなったらいつでも聞いていいからね。まずお店のシステムは完全予約制。指名のある場合がほとんどで、フリーで来られるご主人様もまれにいます。三十分コースがあって、延長は十分単位。料金はサイトで見ておいて。土曜は午後の五時からメイド同士の討論会があって、ここがいちばんの盛り上がりだよね、歌穂ちゃん」

「私は絶対に参加したくないですけれど、視聴者は盛り上がっていますね」

「で、これをノクテム・ディスプタチオって言うの。ラテン語で徹夜討論。みんなノクデイプって略してる」

「自己研鑽《けんさん》ですね」

「なるほど、そうね、議論はまさに自己研鑽って感じ。自己研鑽ついでに説明しておくと、予約が入っていない日は基本的にやることなくてお休みなんだけど、お金とかいろいろあって働きたいひとには自習という制度があるの。お給仕よりはすこしお給料が下がるけれど、勉強すれば勉強した分だけお小遣いになるからどんどん利用してね」

「書庫もあるんだよ」

「へえ」

「お給料については三十分で千五百円。頑張り次第で上がることはあっても下がることはないわ。いちおう契約書に目を通して、契約でわからないことがあったら私でも歌穂ちゃんでもだれでもいいから聞きやすいひとに聞いてね」

「はい、ありがとうございます」

「あと門限は特にないけど遅くなって危ない目には遭わないように。補導とかも大変よ。自習制度は自己申告で、シフトは月末に相談って感じ。外せない用事とか体調不良とかで休みたいときは気軽に言ってね。お腹《なか》痛くなったら薬とかもあるから。オーナーは女の子のそういうこと全般に疎《うと》いから、私たちで勝手にやりくりするよう言われているの。それと食事は平日の昼と夜、休日の毎食にまかないを食べることができるけど、べつにじぶんで材料買ってきて自炊してもオッケー。作ってくれるのは、もう知ってるかな、石巻諒《りょうた》太くん」

「名前だけ、さっき歌穂から」

「芸人気質《かたぎ》だから精神的に追い込んであげて」

「ちょっと古街先輩、芸人をなんだと思ってるんですか！」

ツッコミを入れるなら後件《こうけん》のほうじゃないかしら、と由衣先輩が言い返したところでみんなが笑った。

「でも古街先輩、仮に私が巻くんをなんだと思ってるんですかって問い質しても、芸人だよって言うだけじゃないですか」

歌穂が負けじと反論する。ふたりの愉快な口論のおかげで、私にとって石巻さんは芸人であることが前提になりつつあった。

「たしかに一理あるね。それで前件にツッコミを入れた、と」

由衣先輩は勢いよく立ち上がると同時に状況を整理する。

そしてそのまま、歌穂ちゃんおそるべし、と語尾を豊かにのばしながらじぶんの部屋を出ていった。

理不尽に残された私たちは時間の空白と同一化し、ただ口を半開きにして餌《えさ》を待っている弱気な雛《ひな》のようであった。

すぐに部屋の扉が開き、ご機嫌《きげん》な由衣先輩が再入室した。

「ふたりにあげる、もらいものだけど」

「ほっらんでぃすちぇ……」

「歌穂ちゃんは勉強不足ね。史乃ちゃん代わりに読んであげて」

「ええっと、ホレンディッシェ、カカオ」

「カカオはさすがに私も読めたよ」

「問題は最後かな」

「ストゥーベ？」

「史乃ちゃん惜しい」

「あ、ストーブ？」

「歌穂ちゃんは寒いのかな」

「じぶんなりに読んでみたんですけど」

「正解は、ホーレンディッシェカカオシュトゥーベ。ドイツ語ね」

「意味は？」

「オランダ風のチョコ菓子ってことね。こうやって切るのが本場なんだよ」

ホントかウソかわかりにくいことを言いながら、由衣先輩はバウムクーヘンを横に切っていく。

ドイツのこともオランダのこともわからない私たちは、生ハムのようにスライスされてゆくバウムクーヘンをただただ見守るしかできなかった。バウムが木って意味だから木を切るみたいに切るんだよ、と補足説明され、悔《くや》しながらに納得してしまった。

そのあともなにかを言っては笑い、おかしなことを言ってはつっこみ合った。

そんな愉《たの》しい時間がずっと続いた。

散々《さんざん》しゃべって、おやすみなさいと挨拶をして、笑い疲れてようやく部屋に戻る。スイッチを切ったロボットのように、間髪容《かんはつい》れずベッドに倒れ込む。マットレスの慣れない反発にあった。

由衣先輩は、単なる集会を女子会に変えてしまう活力を持ち合わせていた。私にとっての女子と、歌穂にとっての女子と、由衣先輩にとっての女子は、きっとまったく異なっているはずなのに、おなじ部屋で、おなじ話題を共有し、おなじお菓子を食べ、おなじタイミングで笑う、それだけでおなじ女子になれている気がした。おなじ女子になれている気分があそこにはあった。

私が不用意に放ったことばから始まった仕事紹介のパフォーマンスは、ほんとうにすごいものだった。日頃からたくさんのことを考えているのがよく伝わり、このひとにはアドリブでは敵《かな》わないと悟った。これほどまでにはっきりと職能を見せつけられたことはない。失ってからはじめて大切さに気づく——なるほど、そんなことはなかった。あったにしても、こんなウェットな内容ではなくて、損失の、ロスしたものの、現金な損得勘定《かんじょう》だった。

言われたあとなら簡単に気づけるのに、言われるまでの私は疑うことなく、だれもが経験済みの、実証済みの、真実のように思い込んでいた。透明なカビのように繁殖する思い込みを、私はあといくつ信じているのだろうか。考えるだけで気分が悪くなる。受け答えもよくなかった。反省するところがたくさんある。早く寝てしまいたかったけれど、まだ寝たくなかった。

さっきのことを、もっと刻み込んでおきたい。どれもこれも私にないものだった。牽引力《けんいん》というか吸引力というか、そこにいるだけで場を左右できる影響力。考え続ける力。新しい見かたを引き出す力。都合のいいところで納得してしまわないよう、じぶんを律《りっ》する気持ち。そのどれもが私には欠けている、と実感した。

「化粧、落としてないや」

もっと考えていたいのに、私の意識は使いものにならない無線機のように途絶《とだ》えた。

＊

「今日は自己紹介をやります」

「それはわかったんですが、顔近くないですか」

「だいじょうぶ。まずメイド服に着替えてもらって、そしたら店舗ね。みんないると思うから。衣装は歌穂ちゃんに聞いて。なんでも好きなやつでいいから」

でも萌えるやつね、と言い残して由衣先輩は去っていった。

「じゃあ史乃、早く着替えにいこう」

「うん。メイド服って着るのむずかしくない？」

「だいじょうぶだよ。ワンピとパニエと普通のエプロン合わせてるだけだから。いろいろ作ったから選んで」

私にはパニエがなにかわからなかったけれど、そうなんだと相槌《あいづち》を打った。私のファッションに関する知識は、ほとんどすべて歌穂から仕込まれたもので、教わってないものは知らないという地力のない人間のようになっていた。

「メイド服ってどうやって作るの」

「そんなこと聞いちゃってだいじょうぶ？」

「わかんない。でもなんとなく聞いておきたいかも」

私たちは衣装室に入って、ひとまず服を脱ぎ始めた。

「すっごい端折《はしょ》って説明すると、ワンピとかブラウスとか型紙通りに作って、そこにひたすらレースとかフリルを縫《ぬ》いつけていく感じ。メイド服にもいろんなバリエーションがあって、着替えやすい前ボタン、身体の硬いひとにはしんどい後ろファスナー、腰のファスナーとかね。カチューシャとかカフスは取り外しできるようにしておくと、洗濯とか楽なんだよ。むかしの洗濯事情の名残《なごり》なんだけどね。こっちに私の作ったやつがあって、絶対に外せないクラシカルなやつがこれ」

「クラシカルってなにがクラシカルなの」

「正統派みたいな言われかたしててね、ビクトリア王朝時代のメイド服がモティーフになっているやつで、これとかこれ、あとこういう白のキャップ、今日はカチューシャだけど」

「ロングでかわいいね」

「そうなのそうなの。でも私は仕事外だったら装飾過多のやつとかも結構好きで、そういうのをフレンチとかジャパニーズとか呼んだりするんだよね。この辺だと、リボンタイの大きなキュート系、アリス系、フリルカチューシャに合うやつとか、ハイウエスト、ギンガムチェック、これはシャーベットカラーの紫で可愛いでしょ。パティシエ系、シルクハットタイプ、和装、これはデニム」

「デニムなんてあるの」

「ぜんぜんありだよ。カジュアルな感じが出るし、エプロンしちゃえば結構おなじだから。あとはダナン、谷間が見えるハートフル、史乃は着ないかもね」

「失敬《しっけい》な」

「失礼しました。私よりは使用頻度がすくないかも、に訂正します。ストライプに、チェックに、セーラーもあるよ」

「ほんとうにいろいろあるね。レースとフリルはなにがちがうの」

「レースは穴で模様をつけた布のことで、フリルはくしゅくしゅってする縫いかたのことかな。私も感覚的にしかわからないかも。昨日の古街先輩のトップスがレースだよ」

「それはちゃんとわかった。あのオーバーレース、黒いヒールと髪とすごい似合ってた」

「ね、めっちゃわかる。今日のパジャマも可愛かった」

「テーラードの襟《えり》と紺のシルクで、私はなんかいやらしい気にさえなったよ」

評論家みたいだね、とふたりで笑い合った。

「いやあ、テーラードなんてことばが史乃の口から」

「歌穂が仕込んだんだよ、私に。あと化粧ってどうすればいい」

「うちのお店は規定とかないけど、薄すぎるのはイメージの問題でダメっぽいよ。カラコンは私のナチュラルなやつあげる」

「そっか、カラコンとかつけるんだ、私も」

当たり前でしょ、と言われてから当たり前だと認識することもある。カラコンなんてつけたことないし、ナチュラルなタイプと他にどんなタイプがあるのかさえわからなかった。不自然タイプ……？

「カラコンってことば、はじめて発したかも」

「史乃はメイクに興味なさすぎかもね。あと、それ以外にもメイドは小物が多いから大変だよ」

「かわいいは作れるって、こういうことなんだね」

「もち肌だって作れるんだよ」

「え、ほんと……？」

「マジだよ、マジ。というか常識。ちなみにさっき言ってたパニエがこれ。これをワンピとかスカートの下に穿《は》くと、ふわってなるのです」

「動きにくそうじゃない」

「意外と慣れるよ。パニエはふわっとさせるために穿くけれど、普通に下着が見えないようにするためには、こういうドロワーズとかペチコートパンツとかを穿く感じ」

「へぇ。ブルマみたいな感じ？」

「たしかにそうかも。そのつながりは考えたことなかった」

「パニエだっけ、歌穂が作ったの？」

「これは買ったものをすこしアレンジしてる。チュールっていって硬い素材が入ってて、この素材が高いからできている安物を買うほうがぜんぜんいい」

「ぜんぜんわかんないけど、なんかすごいね」

「じゃあ次はこれ着てみて」

黒と白のロングメイド服。

私のために作られたみたいにちょうどよい。

「ロングのワンピースなんて初めて着たかも」

「襟がスタンドカラーになってるから」

「なにそれ」

「ごめんね。えっと、立ち襟のこと。学ランみたいな感じの、こういうピシッとした襟のことで、ここに紐《ひも》を通してあるから、きゅってやって引き締めると清楚《せいそ》な雰囲気のメイドさんの完成」

おお、と声をあげた。

「で、この首元の白い部分を前ヨークって言って、切り替えて別裁《だ》ちしたところ」

「知らないことばかり。このひだになっているのはなんて言うの？」

「細かいところに気づけるのが史乃だよね。これはピンタック。折り曲げながら縫ってひだを作ったやつなんだよ。他にもレースを前中心に使うことでちょっとした上品さが出てるかなって。袖口《そでぐち》のスリーブは、パフスリーブって言ってね、くしゅってなってるでしょう。これが可愛いの」

「細かいところの工夫が多いんだね」

「メイド服って基本は作業着だけど、でもラブリーで、それでいてぴっちり決まってる正装だから、いろいろ大変なんだよ」

「エプロンは？」

「普通のとおなじだよ。フリルがついてて複雑そうに見えるかもだけど」

工夫を知ることで着る楽しみが増える、知ることで見えかたが変わる、私はそれがとても嬉しかった。歌穂はいつも、私に知らない世界のことを教えてくれる水先案内人のような存在だった。

「やっぱり私なんかより、歌穂がメイドをやったほうがいいと思う。可愛いもん」

「私は、お裁縫《さいほう》が好きだから。こんな最高の環境ないよ。史乃の着るメイド服も、私が作れちゃう。ちょっとセクシーなやつにしちゃう」

　実際にやりかねないおそろしい実行力が歌穂にはある。

「それに、史乃、私はね、メイドで萌えるなんていまどきそんなにないと思ってて、もっとパワーのあるアイドルはたくさんいて、それに比べたらどんなメイドも有象無象《うぞうむぞう》でしかなくて、だからこそ萌えをばら撒《ま》くんじゃなくって、純粋な意味で女の子と会える機会を提供できる口実としてメイドというのがあればいいと思っているし、そういう意味でも史乃とソファンディの表の顔は合っていて、私は裏の顔と合っていると思うんだ」

「たしかにそうかもしれないね。ねえ、歌穂はなんで洋服とか裁縫にこだわるの」

「それはおバカな私がいつだって考えている唯一のことなんだけど……たくさん答えちゃうかもしれないけれど、それでもいい？」

「もちろん、いいよ」

「では、おことばに甘えて」

　仰々《ぎょうぎょう》しく間をとる。

私も、しっかり傾聴するために心の準備をする。どんな話が飛び出すのか、とても楽しみだった。

「もしこの命がね、与えられたものだとしたら、ファッションは私にとって与え返すものなの」

「命……？」

「うん、命、私の生命。つまり命懸けだし、存在を賭《か》けているとも言えるかな。もはやこれは賭け事なんだよ。ファッションはさ、ひとにどういう印象を与えるかとか、着ているひとがどういう気分になるかとか、世界をどうやって飾るかとか、たぶん史乃みたいに物事の本質を考えているひとにとって、こういうことって表面的に思えるんだろうけれど、私みたいな人種にとっては、すごく大事で、生きるか死ぬかのギャンブルみたいなものなの」

歌穂が、ことばを露骨《ろこつ》に選びながら、慎重に、それでいて熱くひとつのことを語るなんて、私たちにとってははじめてのことだった。

「べつにそれはなにを着ればモテるとか、どう着ればイケてるっていう俗《ぞく》なものだけじゃなくて、じぶんの命や存在をどうやったら与え返すことができるかっていう、そこそこ高尚なものまで、ほんとうにいろいろ。なんて言えばいいんだろう、着るということは、じぶんの存在に関することで、数すくない選べるものだから、そこにじぶんを籠《こ》めることができる。籠めて、籠めて、籠めて、それでも存在はファッションからはみ出してゆこうとするから、そんなときに、じぶんの尊大さみたいなものとか、身体のオリジナルの自然さとか、そういうものを感じるんだよね」

じぶんの大好きなものを語る――それすらも命懸けなんだ、という気迫が歌穂のことばに宿っていた。私にはまだない、命懸けの、なにか。

「ことばが出ないよ、すごい」

「やっぱり、こういうの恥ずかしいなあ。でも、そう、すごいんだよ、単なる知識や約束事の世界じゃない。袖の長さが数ミリちがうだけでぜんぜんちがう意味になるとか、そういうコードだけが尊重される世界じゃない。じぶんを大切にするために、選ぶ、ルールを越え出してゆく、史乃が、青色を好んでいるのだって、ほんとうはそういうことなんだよ」

「そうかもしれない……ありがとう。教えられてばかりだって、いま、改めて気づいた」

「いいんじゃないかな。私だって史乃からいろいろ教わっているから」

宿題のノートを見せたことぐらいしかないのに、歌穂はそう断言してくれる。

「それより急がないとね」

着替えるだけなのに何十分かけるつもりなのかと思われているかもしれない。

女子だから、と切り返す心の準備だけしておこう。

「歌穂はミニでガーターなんだ。すごくセクシーだよね」

「ありがとう。ホールをやらされるときだけ、いちおう私もメイドだし、パニエにしちゃうとテーブルに引っかけちゃうんだよね。ガーターの穿きかた、もしかしてわからないんじゃない」

「そうだよね、やっぱり穿きかたとかあるんだよね。ぜんぜんわからないから今度教えてください」

あはは、と笑い合って、歌穂は化粧を始めた。私もたつきながら化粧ポーチを取り出す。

——他人にどう見られるか、それを選ぶこと。

緊張してうまくいかなかった気がする。

外は、春特有《とくゆう》の風が吹いていた。

風の走る音、木の葉の踊る声、私たちは走った。地面を踏みしめるたびに存在の重さを知る。この重みを、私はなにに賭ければよいのだろうか。

欠けているからこそ、賭けているんだ。そんな駄洒落《だじゃれ》のような結論に納得しながら、店舗へと向かった。

＊

私は、メイドになった。

正《しょうしん》真正《しょうめい》銘ではないけれど、あくまでコスチュームだけど、それでもいまの私はこれまでの人生のどの時点よりも遥《はる》かに、比べものにならないほど、メイドさんとして生きている。

姿見の前でくるっと回ってみたり、ロングスカートをひらっと持ちあげてみたり、シュシュをあざとく口に咥《くわ》えてみたり、そういうひとつひとつの所作《しょさ》が理想像へのステップアップに思えた。

これからファンができたり、だれかの癒《い》やしになったり、数多くのひとに影響する存在になる。べつにそういうことを求めているわけではないけれど、いまはなんでもいい。だれの子どもでもなかったとしても、この場所のメイドであることさえ確かならいい。

店舗では既にみんなが集まっていて、温かく迎えてくれた。

「はじめまして、茅場史乃です。日橋歌穂の友だちで、この春から高校二年生になります。趣味は本を読むことです。こういった人前《ひとまえ》に立つのは不慣れですが、これからたくさん経験を積んで頑張りたいと思います。どうかよろしくお願いいたします」

静かな拍手が数秒だけ続いた。

「というわけだから、みんなよろしくね。じゃあ今度はみんなのほうから自己紹介してもらいましょう。ひとり紹介するごとに、そのひとから史乃ちゃんに質問してもらって、それを史乃ちゃんに答えてもらうから。アドリブだけどがんばって答えてね。じゃあ歌穂ちゃんから時計回り」

それぞれがじぶんの順番を頭のなかで確認し、うなずいた。

「日橋歌穂です。ほとんど言うことなんてないけど、夏から働いているから先輩だね。私は裁縫係というか、とにかくお客さんが飽《あ》きないように衣装をマイナーチェンジしたり、イベント用にフルモデルチェンジしたりする役目。質問は、お給料が入ったらなにに使いたいですか。以上です」

「お給料は、ぜんぜん考えてなかったけど、貯めて受験の費用にしようかな。この衣装ほんとうにぜんぶ歌穂がやってるんだね、すごい」

「そうよ、歌穂ちゃんと石巻くん以外の全員、私を含めてほんとうに女子力がないから、いつも大助かり。はい、じゃあ次は理菓《りか》さん」

「私は大神田《おおかんだ》理菓。いい歳だからメイドとかそろそろ卒業したいんだけれど、ここにいる限りは若い女の子のコスプレをして生きていきます。いわゆる帰国子女ですが、理想に反して、日本語も英語も中途半端に身につかないまま育ってしまいました。なのでありえないタイミングで英語を噴出することもあります。あんまり気にしないでください」

ライトベージュのメイド服に、大きな白のリボンタイ。艶《つや》のある黒髪と綺麗な濃紺のネイルが特徴的だった。見た目の美しさに比べて、突き放すような物言いが内面の危《あや》うさを示しているような気がした。

「茅場くん、すまんが、こやつはいつもなにか考え事をしておって、話に集中しておらん。そのため口調が鋭くなる。悪意はそんなにないからうまく対処してやってくれ」

「そんなに、というのが気になりますね」

「そんなには、そんなにじゃ」

そんなには、そんなにだった。

「質問し忘れていたけれど、どうして哲学に興味を持ったんですか」

「中学生のころ、ありきたりかもしれませんが、ルネ・デカルトです。われ思うゆえにわれ在り。すごいなあって思ったんです。そもそも私は、思考をどこから出発しようって考えたことなんかなくて、いつも私は私の思ったこととか、ひとから言われたことを出発点にしてて、デカルトは、出発点を決める、という発想を私に教えてくれました。絶対に疑えぬものを探したひとがいたんだって驚きました」

「ダブルアップで聞かせて。コギトって数多くの哲学者から批判されていますが、茅場さん、いまではどう思いますか？」

「われ思うゆえにわれ在りとか言っているけど、初《しょ》っ端《ぱな》の『われ』は疑えちゃうじゃんかよ、ってツッコミですよね。それはとても正しいと思います。『われ』なんてないかもしれないって、私も思います」

「そうよね」

「でもあそこまで徹底的に人生を賭けて疑えないものを探していたひとが、そんなことにさえ気づかないって、私には信じられないんです。だから逆に考えてみました。たぶん彼は、ずっと声に出していたんです」

「声……？」

「おもしろそうな話になってきよったな」

「いまさらなんですけど、いきなり持論を展開して、私、だいじょうぶですか、嫌われたりしませんか？」

「なにを不安がっておる、そういう場じゃあないか」

「……そうですよね。確認というか、安心しました。それで、デカルトは困っていたんです。われは在るはずなのに疑えちゃうなあって。ああ、どうしよう、われなんだよ、われってつぶやいていた。われ、われ、われ、われって病的に言い続けていたんだと思います。そして気づくんです。じぶんの、その声を聞くときだけ、『われ』が独白として現れる。われが音として聞こえてくるし、それを聴いているわれがいる。もちろんすぐに消えてしまうのですが、ひとつの現象として稲妻のように電撃的に現れる独白の『われ』を、出来事としての『われ』を指差して、不在だけど存在していると言ったんだと思います」

「つまり、一瞬だけに限れば、われは確実に存在している、ということじゃな」

「うまく言えませんが、おおむねそういうことです」

「ブリリアント。嫌いじゃない回答です。磯崎さんが採用した理由がわかった気がします。よろしくね」

いまので、すこしは認めてもらえたのだろうか。

「じゃあ次、石巻くん」

「石巻諒太です。厨房《ちゅうぼう》やってますが、中学生ではありません。……あれ、すみません。ここ笑うとこ、茅場さん？」

「あ、ごめんなさい」

「はい、じゃあ次はオーナー」

「ちょっと待ってくださいよ、俺まだなにも自己紹介できてないですよ！」

みんなが一斉に笑った。

理菓さんもおもしろかったのか、心から笑っているように見える。先の口調からは想像もできないほど和やかな空気感があった。バリエーションの幅が広すぎるがゆえに摑みどころのないひとにも思えた。

「それで俺は料理と哲学の融合を考えてここで働いていて、神《かん》ちゃんと一緒でもう二年になりますが、いまのところなんの進歩もありません」

「私まで進歩ないみたいじゃない」

理菓さんのツッコミでみんなが笑う。

ガーリーな服装が目立つなか、男性陣の石巻さんと磯崎さんは、しっかりとした黒の正装と革靴が格好よく見える。

「神ちゃんは英国のなんとか大学でアカデミズムな哲学をやってましたが」

「なんで名前を伏せるのよ」

「やばい大学なんで。で、俺は逆に小文字《こもじ》の哲学っていうか、ふだん考えるようなことの哲学を料理に込められないかなって思ってます。だからいまのデカルトの話なんかも、こぢんまりしたポイントを持っていて、ちょっといいなあって思いました」

小文字の哲学って素敵な言いかただなあ。

「あと自他《じた》ともに認めるギャガーです」

「あ、歌穂から聞きました。ギャガーってなんですか」

「俺みたいにギャグを千個以上持つひとのことです」

「ギャグのプロってことですか」

「ギャグにプロとかアマとかないんだよね。目のまえのひとをあの手この手で笑わせることができるか、ギャガーに求められるのはそれだけですよ」

「マッキーが語り始めたら無駄に長いから早く止めないと」

「神ちゃん、そうやって俺の印象悪くしないで！」

「マッキーの言うギャガーはいじられキャラのことね。いじられることでしか笑いを生み出せない他者依存の芸人」

「まあ神ちゃんの言う通り下品なのは自覚してますし、そもそもひとをいじって笑う文化が好きじゃないひともいると思いますけど、俺は俺がいじられることで笑顔が増えるなら、しあわせなことだと思うんです」

決まった、という表情を除けばとても素敵な生き様だった。

私も、これだけはっきりと、嫌味っぽくなく、じぶんの考えを言えるようになりたい。

「茅場さんに質問し忘れてた。好きな異性のタイプは？」

「自閉的なひとです」

石巻さんは理解が追いついていないことを全身で表現していたけれど、それでも小さく何度かうなずいていた。それについてだれもつっこまなかったので、話は流れた。哲学者の解釈は盛り上がるけれど、人柄《ひとがら》には触れないという精神的な掟でもあるのだろうか。

「次はわしじゃな。磯崎臣。人間でも仁義でもなく、大臣の臣。もう辞めたが私立の大学教授をやっておってな、そこのゼミで古街くんを見つけて、隠居生活を目指して店を始めたんじゃ。指名のない日は論文査定をしておるが、そろそろ本気で隠居したいとも思っておってな。気になっとったじゃろうが、この口調は古街くんの進言《しんげん》でな、ちゃんと貫禄《かんろく》を出すために役割語でしゃべれと言われたんじゃよ。質問、わしに欠けているもの」

「いまの自己紹介を聞いた印象では、あくまで印象ですが、じぶんの研究していたものに命を懸けることができなかったのかな、と思いました」

磯崎さんは渋《しぶ》い顔をしながら、息を長く吐いた。

「理菓くんに似て、嫌なところを突いてくるわい」

「嬉しいような、嬉しくないような」

「そうじゃろうが、でも喜んでいい。べつに大学教授という肩書や名誉にこだわっとるわけではないが、ひとに突かれたくないところじゃった」

以上、と言って自ら話をカットした。

「最後は私、おなじみ古街由衣先輩。この店はオーナーが私財を使い果たすために始めた店なの。勉強してるだけでお金が貰えるなんて、やばいでしょう。だから学部を出るときどこにも就職せずにここに来たのね。最初はもちろん赤字だったんだけど、なんだかマニアックな人気が出てきちゃって、個人スポンサーみたいなものまでついちゃって、いまでは黒字。私財は増える一方ね。そこで質問。これからこの店で私財を使い果たせるような大きな企画をやるとしたら、どんなものを企《くわだ》てたらいいかな？」

「企画ですか、哲学者を招聘《しょうへい》して、哲学婚活カフェとかどうですか。変なひとばっかり集まりそうですけど」

「いいねえ、婚活、結婚。今日のノクディプの議題は結婚にしようか」

参加するひともしないひとも、まばらに肯定した。

「それじゃあ、今日もよろしくね。メイユール・パンセ」

私以外の全員が、それぞれの抑揚と発音で、メイユール・パンセと復唱する。どうせいつか当たり前になるちょっとした洗礼のひとつひとつが、私のなかでくすぶる熾火《おきび》を加熱した。

「それじゃあ自己紹介は終わりだけど、どう、新しい場所のひとたちは？」

「仲良さそうですね。なんだかんだ言って、石巻さんがいちばん自己紹介できてましたし」

「たしかにそうっすね。むしろ俺、古街さんの自己紹介を聞いてないですよ！」

「私、自己紹介って苦手なのよねえ」

「われらがメイド長にも苦手なものがあるようね」

「ちょっと、理菓さん、ひとの弱みをメモしない！」

ほんとうに仲が良さそうで、私も輪《わ》に入ることができるのかと案じるだけで、心細くなってゆく。

「でも、まあ、なになにができますとか、なになにが趣味ですとか、なになにが目標ですみたいな記号的な説明を用意してないだけってのはわかってるんだけど」

「なんでそれができないのかしら」

「言ったあとに、私の趣味ってなになになんだって、なんかひとつ上の層にいる私が見おろして監視している気がする。名詞だけで説明していくのってスピーディだけど、なんか危うい気がしちゃうんだよね」

理菓さんが、わからなくもないけれど、と濁《にご》した。

私とおなじことで悩んでいるひとがいた。

「俺は料理だから、名詞で圧縮してもわかってもらいやすいっすね」

「私も手芸とか裁縫だから、あんまり苦労したことなかったなあ」

「わしは大学教授という名詞でいろいろショートカットしたほうが得じゃが」

「古街さんは、自問自答が多いから名詞だけでテンポよくやりとりすべきところで立ち止まってしまうのよね。……みたいなこと言うと、名詞だけでやりとりすべきってなにって問われちゃいそうだけど」

「先回りして逃げましたね、理菓さん。でもその通りかなって、痛いところ突かれたかも」

「痛いところってなに、みたいな」

由衣先輩は、もーやめてよー、と言って右ストレートのパンチをジェスチャーした。

こういった愛嬌《あいきょう》は、たしかにドライな名詞だけでは表せないのかもしれない。恋愛だよねとか、普通だよねとか、家族だよね、という名詞の洪水《こうずい》に私は飲み込まれてきたし、抗《あらが》ってもきたんだ。いまそれを、はっきりと自覚した。

ここで、みんなと話しているだけで、思考が燃えてゆく。燃えて、燃えて、燃えて、そして固まって、私のなかに確かな問題意識として残る。燃えて固まる硫黄《いおう》のような知性と教養の形が、知らず識《し》らずのうちに、私に与えられている。

私は、頭のよいひとたちと、しゃべっている。

こんな風《ふう》に、私もなりたい。

「それじゃあ、もうすぐノクディプだから、各自ちゃんと準備しておいてね、解散」

みんなが各々の方向に散らばっていった。

一人ひとりがどんな生活を送っているのか、ドキュメンタリーのように追いかけてみたかった。

「茅場くん、ちょっとだけよいか」

「あ、はい、だいじょうぶです」

「この契約書に、親のサインをもらってきてもらいたい」

「親のサイン……ですか」

「どうした、雲行《くもゆ》きが怪しいが」

「いや、なんというか」

「隠し事はするなとは言わんが、爆弾を自己秘匿《ひとく》するのだけは勘弁《かんべん》してくれ」

「もしかしたら、爆弾かもしれなかったり」

「……早く打ち明けてもらいたいんじゃが」

「あのですね、私、春休み初日、母に夜逃げされました」

いまので私はスッキリしたけれど、磯崎さんの顔が代理的に曇《くも》った。

「顔交換したみたいになりましたね」

「そんなサイエンス・フィクションはどうでもええ……まあ、とりあえず、大変じゃったな。住み込みにしたいというのは、そういう事情じゃったか。最初からそう言ってくれればとは思うが、まあ過去を掘るのはよそう。ちなみに父親は……？」

「私が五歳のときに、育児放棄したそうです」

「そうか、つらいことを聞いたな。気分はだいじょうぶか」

「最初はひどく憂鬱《ゆううつ》になりましたが、ここでの生活が忙しくていまはそこまで落ち込んではいません。ただ学校が始まったら、また鬱屈するような気がします」

「どうするつもりなんじゃ」

「お父さんを、捜そうかなって思います。ほんとうに私には父がいたのかさえわからないので」

「それはやめておいたほうがええ」

磯崎さんは、急に語気《ごき》を強めて助言らしくない雰囲気で助言した。

「捨てられたのに、どうして会いたいと思う」

「それは……」

「感動の再会を遂げた親子も、数カ月後に喧嘩《けんか》別れするという。破棄したものが帰ってきたら、人間、迷惑に感じるようになっておる。そうでない場合は、老後の面倒を見てくれだの、金を貸してくれだの、そういう話になるようじゃ。そもそも円満に連絡をとる方法などない」

「たしかにそうかもしれませんね」

「それでも会いたいというのは、父親に甘えたいのか」

「そうかもしれませんし、いまの磯崎さんの話みたいに、血縁関係って虚《むな》しいんだなって言いたいのかもしれません」

「それぐらいのことだったら、やめたほうがよい。ここでの暮らしもそんなに悪くないはずじゃ。学校が始まっても、それはそんなに大きく変わるわけじゃあない。いまはいまで、父親のことは気にせず、楽しんでみるのもよいじゃろう」

私を気遣《きづか》っているわけではないことだけは伝わってきた。まるでじぶんに言い聞かせるように、私に言い聞かせていた。

そうします、とだけ答えて、私はその場を退場した。

私は、どうするべきなんだろう。

＊

「茅場さん、こっちこっち」

「あ、理菓さん、おつかれさまです」

「おつかれさま。今日は私がファシリテーターをやるからよろしくね」

「よろしくお願いします」

「今日は、茅場さんの紹介をして、結婚に関することを議論していくので、しっかりね」

「はい。自己紹介、メイドさんっぽくできる自信がないんですけど」

「べつに女優みたいな演技はいらなくて、メイドらしくなくても問題ない。そこがメインの売りではないから。未熟なら未熟なじぶんを正直に出せばそれで不十分なことはなくて、いちばん大事なのは、利己的な嘘を言わない人格者だと思ってもらうこと。あくまでメイドというファンタジーと、利己的な嘘を切り分けて、わきまえたうえで判断と行動をすること。もうじき誘導が始まるから、出番の気持ち作ってて」

誘導というのは、たぶん、お客さんを入れて整列させることなのだろう。

フロアーでは、マイクテストが始まっていた。学校のそれとはちがい、破裂音や摩擦音、歯擦音《しさつおん》も入念に確認されている。

『チェックチェック、ツツツツ、はーはー、ひっひっひ、テステス、ワンツワンツ、イットイズファインデイ、あいうえお、さしすせそ、はひふへほ、あっあっあ、ふーふー、へーへー』

音程を変えて何度も繰り返される。それがマイクテストということはわかるけれど、なにをそこまで入念にやる必要があるのかまで読みとることはできなかった。

『じゃあ杜子《もりこ》ちゃん、あとよろしく！』

由衣先輩のマイク音声がしたあと、すぐバックヤードに姿を見せた。

「あ、史乃ちゃん、おつかれさま。えっとねえ、ここにマイク六本あるけど、史乃ちゃんのマイクはこの六って書いてあるやつね。ピンクのシールが可愛いからって私のやつ持ってっちゃダメだよ」

大のピンク好きなんで毎回気をつけないとですね、と言って笑い合った。

「もう、史乃ちゃんは冗談うまいなあ。私物《しぶつ》だいたい青色じゃない」

「はい、やっぱりバレてましたね。大の青好きに訂正します」

もらった携帯電話も私が青を先にとり、余った赤を歌穂が使っている。

「もっと緊張してるかなって思ったけど、だいじょうぶそう？」

「私、もしかして、じぶんの実力を超えていることとするの好きなのかもしれないって気づきました」

「思った通りというか、あなたはみんなの善《よ》きライバルになるかもしれないわね」

「がんばりたいです。みなさんは大学や大学院でいろんなことを学んでいるから、私なんか相手にならないかもしれないけれど」

ことばが否定的になる。じぶんを卑下《ひげ》しすぎたかもしれない。

「昨日の、自己研鑽って覚えている?」

「はい、議論は自己研鑽って言いました」

「私はあんまり好きなことばじゃなかったんだけどね、史乃ちゃんがあまりにポジティブな想いを籠めるもんだから、ちょっと好きになってきちゃった。それだけ。じゃあ、行こうか」

私は、はい、とだけ答え、ふたりの後に続いて小さな階段を、駆け足で、三段だけ登った。

ささやかな入場の音楽がなり、一瞬では測定できないほどひとが入っていることに驚き、身体が震える。

歌穂がホールを回していて、奥の厨房では石巻さんが忙しそうにオーダーをさばいている。音響さんの席も見えている。杜子さんが機材のつまみをいじりながら、ノートパソコンを触っていた。

テーブル席にはビール、コーラ、フライドポテト。

由衣先輩が微笑みかけてくれた。そうだ、笑顔だ。

照明はまぶしいけれど、インターネット配信用のカメラとモニターが見やすい位置にあってありがたい。

「メイユール！」

由衣先輩の突然の掛け声に合わせて、会場が『パンセ！』と応える。

――こんなに盛り上がるんだ。

掛け声が呼応した瞬間、音楽もフェードアウトする。杜子さんは両手でまったくちがうことをしながら機材の集まったスペースを左右に動いていた。

「改めまして、ソファンディにお越しくださり、誠《まこと》にありがとうございます。メイド長のゆいにゃんです、って言ったら気持ち悪いですか？」

突発的に笑いが起こった。

モニターには、だいじょうぶか、いつからそんなキャラに、などの心配コメントが流れている。

「……笑ってくださりありがとうございます。ご主人様たちの愛が、私の芸風を育《はぐく》んでいるような気がしますね。では改めまして、今日のメンバーを紹介します。ファシリテーターの大神田理菓さん。ディスカッサーズは私と、新人の茅場史乃ちゃんです。ホールは日橋歌穂ちゃん。厨房は石巻諒太くん。カメラ番がオーナーの磯崎臣さん。音響が杜子ちゃんです。じゃあここからは理菓さんにバトンタッチ」

「ご紹介に与《あずか》りました大神田理菓です。りかにゃん、とかは言いません。私のことはおいおい自己紹介するとして、新入りの子がうずうずしているので早速、自己紹介をお願いしましょう。そのあとご主人様から質問していただきます。さすがにゼロ件だとアレなので、聞くことなければどなたかコメントで、彼氏いるの、みたいなこと書き込んでください」

お客さんがバランスよく笑っている。理菓さんも笑いをとるのがうまい。

「それでは温まりましたので、自己紹介、張り切ってどうぞ」

「はい。ご紹介ありがとうございます。茅場史乃、しのにゃん、と申します。これからたくさん勉強して、ご主人様たちの歩む道を一緒に切り拓《ひら》いてゆけたらと思います。今日は顔を覚えてもらえるよう、がんばりたいです。よろしくお願いします」

たくさんの拍手が鳴り、歓迎されているように感じられた。

ここが私の、これからの場所なんだ。

「茅場さんありがとうございました。彼女に質問したいご主人様がいらしたら、挙手を願います。インターネット配信で閲覧《えつらん》しているかたも、どうぞコメント欄に。……おお、結構挙がりましたね。ではそこの、チェック柄のシャツのご主人様」

「史乃さん初めまして、牧野《まきの》と申します。意中《いちゅう》の哲学者などおりますか」

「牧野さん、ありがとうございます。好きな哲学者はヘラクレイトスです」

回答を受け容れてもらうまでに時間がかかった。そんなに意外な回答だったのだろうか。モニターには、おそらく杜子さんが打ち込んだであろうヘラクレイトスの解説が映し出されていた。

——古代ギリシア哲学者、万物《ばんぶつ》は流転《るてん》するでおなじみ、断片しか残ってない、二分法《ディコトミー》があるからひとは道に迷う、若きは老い、眠りは目覚め、朝は夜、矛盾するふたつはひとつ、万物の根源は火、現代哲学では分《ぶ》が悪い。

端的《たんてき》にまとめられており、即興で書いたとは思えないわかりやすさだった。

「会場がざわめきましたね。コメント欄にもザワザワと書かれております。わかりやすくていいですね。どうしてヘラクレイトスなんでしょう」

「生まれながら消え、消えながら生まれる。絶え間なき過程のなかで安定する火というものに着目したのが、単純にすごいなあって思いました。万物の根源っていうと、私はどうしても、もっと固定的なイメージを思い浮かべてしまうので」

ドリンクを配り終えて観覧席に立っていた石巻さんが、また厨房に戻っていった。新しいオーダーでも入ったのだろうか。

「これ以上ぶっ飛んだ回答が出ると私の手に負えなくなるので、このあたりで本題のほうに移りましょう。挙手してくれたご主人様・お嬢様、ありがとうございました。討論のまえにオーナーから注意事項があります」

「ええ、本日はお集まりいただきありがとうございます。オーナーの磯崎臣です。ここに来てくれている若いかたがた、視聴してくれているかたがたは、すくなからず哲学というものに興味があることと存じます。大学に入ったら哲学をやってみようと思ってくださるかもしれません」

顧客への平凡な挨拶かと思いきや、磯崎さんは至って真面目な表情で、ですが、とことばを継《つ》いだ。

「うちでやるような討論は、どれだけ興味深い内容になろうとも、普通、哲学とは言いません。みなさんが大学でアカデミックな哲学を研究することになっても、こうして異論をぶつけあったり、持論を闘わせるということは、まずありえません。ほとんどの哲学研究者は、持論を闘わせることが有害でさえあると認識しています。研究者としてやる議論は、ひたすら論理に張りつくことです。緻密《ちみつ》に、緻密に、緻密に、緻密に、かてでくわえて緻密に」

磯崎さんは、私に目配せをした。これは、私へのメッセージでもあるんだ。

アカデミックな大文字《おおもじ》の哲学、持論を闘わせるエンターテイメント哲学、石巻さんの小文字の哲学、経営者の経営哲学……哲学ということばの背後には、たくさんの選択肢がある。

「学会でだれかが持論を展開しても、反対するのではなくて、その論理を確かめてゆくだけで、派手なこともなければ、盛り上がることもありません。恋愛がどうこう、人生がどうこうという話も出てきません。そういうことを踏まえたうえで、エンターテイメントとして哲学を用いている、ということだけは理解しておいてもらいたい。またそういった関心で老舗《しにせ》大学の哲学科に入っても、きっと失望することじゃろう。もちろんそれがつまらないからやめておけと言っとるわけじゃあない。古典のテキストをちまちま読むという作業は、最初はつまらなく感じるものじゃが、やってゆくうちに楽しくてしかたなくなってくるひともおる」

いつの間にか敬語ではなく口語の常体になっている。

オーナーという建《た》て前から、哲学者の顔に変わったのだろうか。

「うちでは進路相談も可能じゃから、わからなくなったときは訪ねてほしい。学校の先生が知らんこと、言えんこと、流してしまうこと、対処しきれんこと、うちではそういうたぐいのことでも執念《しゅうねん》深く話すことができる。親御《おやご》さんと一緒に来てくれてもよいし、なんか怖いと思ったら電話で相談してくれても構わない。この討論会を家族で視《み》てみるのもよいじゃろう」

哲学のことを、あるいは哲学を志《こころざ》すひとのことを本気で想っているからこそ、こういう注意ができるのだろう。磯崎さんの、厳しそうに見えて温かい心遣いは、きっと、いろんなひとに届いている。だからこそ、こうしていろんなひとが、ソファンディの討論を視てくれている。私も、受け取ってばかりではなくて、じぶんから熱意を感染できるようになりたい。

「ありがとうございます。だいじょうぶでしょうか。それでは徹夜討論のスタートです」

ここからが本番であることを示す始まりの音楽が流れ、待ってましたと言わんばかりに拍手が湧《わ》き上がった。

一気に『メイユール・パンセ』と書き込まれる。結局どういう意味なんだろう。

理菓さんの誘導に従って、私たちは席につく。テレビ番組やトークショーでよく見かけるパネリストたちのように並んだ。

「今回の議題は『結婚』です。まだ早いかもしれないけれど、考えたことはあるでしょう。あるいはしたことないからこそ言えるアイディアみたいなものもあると思うので、臆《おく》さず論を闘わせてください。結婚、と言われてパッと思いつくところから始めましょう。それではご主人様に尋ねます。結婚と聞いてなにを連想しますか。挙手、早押し制です」

手前にいたお客さんが、恋愛と答えた。

「いいですね。では結婚かける恋愛、というテーマでスタートします。むかしはお見合い結婚でしたが、いまは恋愛結婚が主流となっているように感じます。いかがでしょうか、古街さん」

「そうね、結婚と言えば恋愛というのは、たしかに重要な出発点かも。私は恋愛結婚に反対、というかあまり好んでしたくはない、という感じ。史乃ちゃんは恋愛結婚ネイティブ世代だから、あまりお見合いで結婚したいって思ってないんじゃない？」

「そうですね。私は恋愛して、結婚してっていう風に考えてました。両親がそうだったのかは知りませんが」

由衣先輩がいきなり反対したことで、モニターの向こうは盛り上がっている。

「由衣先輩は、お見合い結婚したいということですか」

「どちらかと言えば、という留保つきでお見合い結婚したいかな」

「ではここからは、ゆいにゃんさんが恋愛結婚に反対、茅場さんが賛成という立場で進行させてもらいます」

「ゆいにゃんは勘弁してくださいにゃん」

お客さんが、ゆいにゃん、と叫んだ。

議論のまえからにゃんにゃん言って自己矛盾してますけどだいじょうぶですか、と理菓さんが聞いたところで大きな笑いが起こった。

「また、立場にしばられずに発言してもらって構いません。じぶんの考えていることをどんどん論じてください。肝心なことは真剣に論じることと、それをご主人様に見ていただくことです。では古街さん、好んでしたくない、という部分を詳しく教えてもらってもよいですか」

もちろん、と応答する由衣先輩は、とても頼もしく、潔《いさぎよ》く、かっこよかった。

「恋愛をするということは、感情を第一条件にするということです。いわゆる好きという、生まれながら消えゆく火のような感情で付き合い、結婚の約束をするということです。それは恋人たちに夢を見せますが、現実を見せてくれるわけではありません。その夢のマスイメージが過ぎれば、日々の判断をテーマパークにいるときの気分で下《くだ》し、あらゆる大事な選択を夢のなかで決定してしまうことになると言えます。そういうのが私自身で怖いというのがあって、あまり賛成はできないところですね」

「夢のマスイメージというのは非常に印象的なことばでした。茅場さんはいかがですか」

「そうですね、私自身に内省《ないせい》を促《うなが》すような、いい意味で厄介《やっかい》な考えかただと思いました。ただ、感情を第一にすることがネガティブに語られていましたが、私はとても大事なことだと感じます。長く一緒に生きていれば、どこかで感情を第一に考える瞬間というのが来るはずです。それについては意図的に無視しているのか、あるいはお見合い結婚をすることでどうにかなると思っているのか、そのあたりが気になりました」

「要約すると、古街さんは感情のイデオロギーじみた原理性が怖い怖いと言っているけれど、その必要性、その瞬間が訪れたときはどうするんだ、ということだと存じます。では、古街さん、怖いじゃなくてどうするのか、という点についてお願いできますか」

「はい。始まるまえは新人相手だからゆったり議論できて、どこかでチャンスを作ってあげようとか考えていましたが、やっぱり侮れないですね。早く論点をすり替えたいです」

会場と理菓さんが小さく笑った。

冗談がおもしろかったのか、余裕がなさそうなことを言っておきながら冗談を言えてしまうあたりが滑稽《こっけい》なのか、緊張で強張《こわば》っている私には到底わからなかった。

モニターには杜子さんの解説が目立つように載る。

――イグノレイショ・エレンキー、論点のすり替え、あいつもうるさいのになぜ俺だけ注意するのかでおなじみ。もちろん論理的には誤りだが現実的には通ることが多い。論理というものは『力関係と時間』を考慮しないが、現実のほとんどは力関係（強いひとに言われたら黙ってしまう）や、時間（しつこく聞くうちに相手が折れる）に拘束《こうそく》されるため、よくまかり通っている。

笑いどころがわからないひとにも、杜子さんが配慮している。

力関係と時間のどちらかを利用すれば、論点はいつでもすり替えられる。だからそれを利用したいと露骨に宣言しているのがおもしろい、ということなのだろうか。

「古街さんの質疑応答に戻りたいところですが、いまモニターに出たことをすこし補足させてください。たとえば学校の生徒に『任意の先生を一回だけクビにできる権利』があったとします。その生徒が校則かなんかを破り、それを先生が注意しました。そのとき、俺じゃなくてあいつはどうなんだ、みたいな論点のすり替えが行われたとします。力関係に依存するというのは、そのすり替えを先生が指摘できるか、ということです」

クビにされたらたまらないから、たしかに指摘できない。

「このような力関係によって成り立つ世界を論理は想定していません。有名なことばですが、論理にはモラルがありません。つまり、ここからがいちばん大事なのですが、もし古街さんがこれから論点のすり替えをして、私たちがそれを指摘できずにいたら、ソファンディの明らかな『力関係』をご主人様のほうで読みとってください、ということです」

由衣先輩がわざとらしく怒り、理菓さんがわざとらしく、これですよご主人様、と騒《さわ》いでいる。

意味がわかるひとにとっては、よほどおもしろいことだったらしい。

「理菓さんのくだらない補足は棄却《ききゃく》して、私のターンやりますよ、いいですか」

「古街さんのための時間稼ぎですよ」

「はいはいありがとう。で、実際はどうするのか、という話ですが、忘れてない?」

「あ、はい。だいじょうぶです。覚えてます、さすがにじぶんで言ったことなので」

「よし。まず感情を優先的に選ばねばならない瞬間というのは、来ると思います、さすがの私も。大事なのは、お見合いだからといって感情を排除しているわけではないということね。語弊《ごへい》があるかもしれないけれど、お見合いはむしろあとから恋愛するものだから、史乃ちゃんの言っている『その瞬間』という瞬間に向けて温存していると考えることもできる。お見合いを挟むことによって、『その瞬間』と『その瞬間のための感情』を運用できるようになるんだと思う」

「ありがとうございます。まずは確認しましょう。敢《あ》えて区別的に解釈すれば、恋愛結婚は、感情が優先されるべき瞬間を夢やテーマパークのなかで見失っているけれど、お見合い結婚は、その瞬間と感情をどちらも後半に押し込むことで運用しやすくする。感情の、そのタイミングの、合致率あるいは成功率をあげる、ということですね」

「だいたいそんなところ」

会場中のお客さんは、一言も聞き漏らしたくない、という表情で真剣に耳を傾けている。コメントも比較的にすくなめで、理菓さんの要約をありがたがるものが目立っている。

「時間稼ぎした甲斐《かい》がありましたね」

「はいはい、それで私は、逆にお見合い結婚のよいイメージを聞きたい」

「では茅場さん、お見合い結婚のよい印象について教えてください」

「先の由衣先輩の話を聞いて思ったのは、好きという感情が消えたとしても、一緒にいたいと思えるひとを冷静に選べそうです」

「そう！　私が言いたいのはそういうこと！　好きっていうのは感情だから、いつかは消えてしまう。恋愛結婚は、その好きを中心的に、かつ決定的な根拠にします。好きかどうかを常に監視し合う。それじゃ疲れてしまいます。付き合っていれば、好きじゃなくなる日も、好きじゃなくなる瞬間もあるでしょう。そういうネガティブに傾いてゆく日々を晴らすなかで、ふたりに強い結びつきができる。でも好きを関係の根拠にし続ける限り、どんな嫌いも好きで偽装表示しないといけなくなる。嫌いになったら付き合っている意味がない、ということになりますから」

由衣先輩は、考えながら発言しているようだった。いままで感じたこと、いままで思ったこと、体験とか経験とかを、いまこの場で継ぎ接《は》ぎにして、言語化している。

好きというのは大事なことだけれど、ずっと根拠にすることはできない。好きという気持ちに重い役割を与えてしまうと、関係は安定感を失ってしまう。相手がじぶんのことを今日も明日も好きかどうか、試し続けなければ、確認し直さなければいけなくなる。

「古街さん、詳しい説明ありがとうございます。茅場さんも鋭い点を見抜いた、という感じですね。前提に立ち戻って考えると、お見合い結婚の失敗はお見合い自体の欠陥《けっかん》ではなく、相手を選ぶ段階でのエラーなのかもしれません。ではここからは逆に恋愛結婚の肝について聞いていきましょう、茅場さん」

「はい、そもそもお見合い結婚は、結婚できるひととしか結婚できません。それぞれの肩書きや、家柄や、年収や、その他の評価と条件が見合わないと始まることすらありません」

モニターに杜子さんがコメントしている。

私は二度ゆっくりうなずいて、間をとった。

――お見合い、開始条件、釣書《つりがき》と呼ばれる自己紹介を見て条件が合うか評価してからお見合いをするかどうか決める。本籍から学歴、趣味や資格、宗教や既往症などを記載。

釣書という名前は知らなかった。

「あの縦書きの紙のことを釣書って呼ぶんですね。不勉強で知らなかったのですが、あれがある限り、私の結婚できる相手、相手の結婚できる私、という二重の一致が必要です」

「古街さん、ここまでの内容でなにかコメントはありませんか」

「むしろ新鮮な言われかたをしていてすこし感動しているところでした。ただ、その二重の一致というのは、恋愛もおなじなのではないか、という疑問もあります。そこを区別して教えてほしいです」

だそうですよ、と言って、理菓さんが手でやさしく続きを促した。

「そうですね。恋愛は合理性を乗り越えることができます。なにを恋愛と呼ぶかにもよりますが、私は、釣書の合理的な一致から恋愛が始まることはないと思います。すくなくとも本籍や学歴の情報に心を打たれるひとはいないんです。もちろんお見合いをしたあとに、はじめてそこでひとを知り、由衣先輩の言ったように、あとから好きになることもあると思います。恋愛はどんなに差があっても、一点豪華主義ですべてを乗り越えられる。ロミオとジュリエットです。これは良い悪いではなく、単なる指向性の問題ですが、と評価は保留させてください」

「ありがとうございました。たしかに最初から良い悪いといった話ではありませんね。特徴を整理し合っている、というイメージでしょうか。恋愛が一点豪華で合理的な判断を乗り越える、という話がありました。古街さんいかがでしょう」

「すごくわかりやすいと思います。もちろん合理というのをどのように捉えるかで、恋愛の一点豪華も合理になると思います。恋愛のある意味での不合理さというのが、文学を支えてきたと言ってもいいです。なので悪くない発想だと思いますし、私の意見から特段ずれているわけでもありません。私は、だからこそ怖い、という意見を元にしてますからね」

「恋愛に持ち込めばほとんどだれとでも結婚できるようになる、それが怖いという古街さん、特筆すべき性質だとする茅場さん。ラブストーリーが世の中にあふれていて、それに沿うことで、くっつくはずのなかったひとをくっつける。ロミオとジュリエットでしたね。どうしてあなたはロミオなの、と問われたときに釣書を出したらコメディです。魔力なのか魅力なのか、そういったおもしろさがあります。それが怖いというのもずれた話ではありません。指向性とおっしゃってましたが、まさにそのようです」

理菓さんがお見合い結婚と恋愛結婚の議題を落ち着かせた。

そのあと私たちは制度や社会について議論したり、意見交換したりした。そのほとんどは有益だったろうし、おなじだけ虚しかったのかもしれない。恋愛したことないやつに、なにが語れるというのか、という内なる声が頭のなかで反響する。

私たちが恋愛だの結婚だのを机上《きじょう》で分析しても、社会はそんなのお構いなく、恋愛をひとつの軸としてぶんぶん回っている。高校に入って一カ月もしないうちにカップルができて、その子たちが帰り道でキスをしているのを見かけたことがある。季節をひとつもまたぐことなく別れていたけれど、それでもあの短期間に、あのふたりは、周りのひとたちより存在を証明できていたのかもしれないと思う。

戦争経験とか、禅《ぜん》の経験とかとおなじで、経験したことないやつがなにを語っても意味がないと思われてしまう。それは、私にとって、とても虚しいことだった。

今日、私が語ったことは、どう受け取られるのだろう。どう見えていたのだろう。

第二章

私にできること

welcome to
Maid Café Philosophique
"Sophandi"

お風呂は、海みたいだった。

広いという意味でもそうだけれど、なにより、日常の重力から私を解放するための海に思えた。

社会とか、恋愛とか、思い込みとか、ファッションとか、あらゆるものから逃げ出し、裸形《らぎょう》の存在としてただただ浮かぶことができる。なにもしないということを思い出せる。水面が揺れたとか、湯気が立ち込めているとか、水流の音、排水の音、上がってゆく体温、鼓動、呼吸、汗、分析も解体もされないなんでもない私の存在がここに漂《ただよ》う。

私は何者《なにもの》かとか、私にはなにが欠けているかとか、至極《しごく》どうでもいい問いに与えていた過大な意味をやり直すことができる。なんでもないものとしてある、という森羅《しんら》万象《ばんしょう》の矛盾の背後に回り込んで、解放的な精神を一服するためのちょっとした無重力が、お風呂にはある。

脱衣所は雪でホワイトアウトしたように、私の視界を白色だけで奪い去った。風呂上がりの身体は産まれたときのように熱いけれど、脱衣所にある腰高の掃《は》き出し窓から吹き込んでくる風が、私の火照《ほて》りを横どりしてゆく。

湯冷《ゆざ》めしないよういい加減にして、部屋着を着る。

歌穂を見習って、着ていて甲斐のあるものを選んで持ってきた。グレーがかった青のシャツパジャマ。敬遠して一度しか着たことがなかったけれど、着てもいいかなと思えた。われながら可愛くて、大きな鏡の前でポーズをとってみたりする。服装を変えれば、歌穂みたいにちょっとはモテるかな。

そんなことを考えるようになるとは思っていなかった。

歌穂が洋服のことをどう思っているとか、じぶんになにが欠けているとか、失ってから気づいた大切さの意味とか、恋愛結婚はリスキーだとか、私は、そういうことを聞いたり、教わったり、考えたり、あるいは答えを探求したり、だれかを分析したり、本質を解体したり、そういう毎日を暮らしている。そういう暮らしが毎日になった。

いまだに信じられない。

外に出るとひとは変わる。それはひとと出会うことであり、ひとと話すことであり、考えてもみなかったことを聞かれることでもあった。新しく考えるために、私は新しい考えと出合う。

「あ、おつかれさまです」

「杜子さん、でしたよね。おつかれさまです。というかはじめまして、茅場史乃と申します」

「磯崎の孫娘の杜子です」

「コメント欄の解説、ほんとうにすごかったです」

「ありがとうございます。本だけは、嫌いになるほど読まされてますからね。あと私自身、じぶんの理解できないことでみんなが笑っているの苦手なので、あの役回りが向いていると思うんです」

「そうだったんですね……たしかに執念深さみたいなものは感じました」

「視聴者がわからないようなハイコンテクストを作りやがったディスカッサーに、私の生《い》霊《きりょう》が憑《つ》きそうですよね」

杜子さんは、冗談とも言えない深刻そうなトーンで言った。

「それは、冗談です」

「よかったです。あと、いろんな機材を扱っている杜子さんが、すごくかっこよかったです。私、一目《ひとめ》惚《ぼ》れしたというか、私もそういうことができたらいいのになあって思いました」

「ほお、PAに興味を持つなんて珍奇《ちんき》なかたですね」

「えっと、PAというのは」

「パブリック・アドレス、音響のことです。言い換えれば、私があそこでやっている仕事のうちの半分のことです」

「むずかしくないですか」

「むずかしいですが、極めようと思わなければそうでもありません。それよりも気にするべきトリビアルなことというか煩瑣《はんさ》なことが多いので、茅場さんのように集中力の高いかたがよいです。私でよければ伝授しますので、そうですね、さっと汗を流して出ますので、三十分後に店舗で」

杜子さんは速やかに浴場へ向かっていった。

私も急いで準備をする。できるだけ裏方らしく見えるシャツを選んで、一杯だけ紅茶を淹《い》れてから店舗に向かった。

「おつかれさま、茅場さん。じゃあ狭いけど、音響スペースに来てください」

音響の壇上《だんじょう》にのぼる。感動で指先が震える。杜子さんはいつもここでどんなことをしているのだろう。それを覚えることはできるのだろうか。

「緊張してますか」

「緊張しています」

「かわいいですね。音響は、ほとんどだれにでもできるけど、慣れの必要な仕事なので最初はできなくてもめげずに覚えてくださいね」

「ほんとうにだれにでもできる仕事なんですか」

「ほんとうかどうか聞かれると、ごめんなさい、怪しいです。音響の仕事のなかには職人にしかできないこともあります。いまでは機材の性能がよくなって、機械任せになったところもあるので、より素人にもやりやすくなったと言えるでしょうね。それで言えば私は素人ですし、茅場さんをプロや職人に育てたいわけでもありません。だからここでは、だれにでもできる範囲でやるよ、ということですね。それはいいとして、まず、なにが気になりますか？」

「えっと、そうですね、この大きな機材が気になります」

「なんだと思いますか」

「ボタンがなんとなくCDっぽいですけど」

「正解です。これはCDプレイヤー。CDを挿《い》れて、再生だの停止だのをするやつで、たぶん民生用《みんせいよう》を使ったことがあると思います」

「ミンセイヨウってなんですか」

「あ、ごめんね。特別な定義はないんだけど、一般的な家庭で使われることを想定して作られている機材を、民《たみ》と生きるって書いて民生用機材とか民生機って言います。それに対して、こういう目につく大きさのやつが業務用。他にも軍事用とかいろいろあるらしいですが、私は民生用と業務用しか知りません。そういう作る側が想定している使いかたに合わせて、業界用語的についてる名前だから気にしないで」

新しい世界の用語は、初歩的なものでもひどく難解に聞こえる。

歌穂のファッションの話ではないけれど、わかると見えかたが激変する。わかったり、かわったり、ことばが似ているだけのことはある。

「具体的に民生機となにがちがうんですか」

「大事なことがふたつあって、まず絶対条件として、楽曲の残り時間を表示できること。これがあるとなぜよいでしょうか」

杜子さんは、知っている側が知らない側に質問するのは学校っぽくて嫌いなのですが、と付け足した。そういう風には考えたことなかったけれど、無理やり誤答させて教育するというのはフェアな間柄《あいだがら》には思えないかもしれない。

「残り時間が見れるとありがたいのは、見張ってなくてよくなるからですか」

「すごいすごい、バシバシ正解していきますね。正解者用のレイがないので、ヘッドフォンをかけてあげます！」

「これすごく憧れです」

こんなのでいいの、と杜子さんが笑う。

「こんなのがいいんです。それで、ふたつでしたよね」

「はい、もうひとつは再生を押した瞬間にノータイムで楽曲が流れることです。なぜでしょう。茅場さんならわかるかと思います」

「わかりませんが、タイミングの問題でしょうか」

「正解です。簡単でしたね」

「なぜノータイムだとタイミングがいいんですか」

「押してから間があると、変な空気が流れるんです。テレビの生放送などでも、なになにの映像をご覧くださいとコールしたあとに映像が切り替わらずにスタジオの雰囲気が険《けわ》しくなることがあります。そういったことを避けるためにノータイムが必要なんですね。これをポン出しというので覚えておいてください」

ポン出し、と復唱した。

「まだ行きますよ。これがミキサーです。見てドン引きするひともいます」

「ドン引きはしませんが、かなり厄介だろうなって印象です」

「一台でいろいろできるだけで、やることが決まっていれば触る部分はすくないです。試しにいまからやりますのでちょっと待っててくださいね」

杜子さんは手元のマイクを使って、厨房のほうにいるかた大至急ステージまで来てくださーい、とアナウンスした。

「はい、なんすか」

「石巻さん、いま仕込みだいじょうぶですか、お願いがあるのですが」

「問題ありません、お嬢様」

「いちいちふざけなくていいので、裏に行って六って書いてあるマイク持ってステージに上がってもらっていいですか」

疑問をいだくことなく、石巻さんは指示通りの動きをした。

なんとなく上下関係が見えたような気がしておもしろい。

「じゃあ、ヘッドフォンかけてください、茅場さん。いまから石巻さんが歌うので、私はミキサーをいじります。変化を感じてなんとなくわかったら、じぶんで動かしてみてください。だいたいこのあたりが音の入れ込みに関する部分で、重要です」

「杜子さん、準備できました！」

「ありがとうございます。とりあえず歌ってください」

「オリジナルでもいいですか、俺がオリジナルを歌うと、いよいよこの店もメディアスクラムなんですけど」

「どうでもいいので好きなのお願いします」

石巻さんは『インド人もインドア派』というくだらないオリジナル楽曲を歌い始めた。

「ほんとうにオリジナルを持ってたんですね。さあ、聞き苦しいかもしれませんが、これで聞いてみてください」

杜子さんがつまみのようなものを上げ下げする。音が大きくなったり、低い音が強くなったり、全体がしぼんだりした。右耳だけに音を集めたり、消音することもできた。何度もそれを繰り返しているうちに、どこをどうするとなにが変わるのかがわかるようになる。

「音は周波数、いわゆる波でできているから、これを使って特定の高さを変更することができます。マイクとスピーカーの周波数が共振すると、キーンという甲高《かんだか》い音が鳴って不快になるので、その周波数をこれでカットしたりもします」

「ハウリングですよね、聞いたことあります」

「ハウリングすることを、ハウるって言ったりしますね。加えて室内のことを箱と言いますが、箱の形や壁の特性などいろいろな要因があって音の鳴りというものが決まります。そういう環境の個性を音だけで見抜くのも音響の仕事です。音を出すひとの特徴とか、箱の特徴を考えたうえで一つひとつ調整、チューニングしていくのですが、その主役がさっきからいじっていた、このイコライザーという機材です。イコライザーの目指す音はどんな音でしょうか。ヒントは名前です」

「名前、イコライザー。イコールってことですよね。均等ってことですか」

「正解です。低い音も高い音も、大きさも、できるだけ均等にしたい。フラットな音作り、とか言うときもありますね。でもなにがフラットで、なにが正しい音かなんて決まっていないので、どんなに経験豊富な音響さんでも常に手探りです」

「そうなんですね。なんかわかった気になってましたが、すごく専門的なんですね」

「専門学校があるくらいですからね。たとえばハードな使いかたをしたいのに、電圧がぜんぜん足りない現場などもあります。特に野外ライブとかですね。そういうとき、どうやったら満足のいく音を出せるのか試行錯誤するのも仕事のうちです」

「どこまで行っても正解にたどり着けないんですね。こっちの機材はなんですか」

「これはスイッチャー、カメラを切り換えるスイッチ」

番号の振ってあるボタンが六つある。

絶対に押すな、と書いてある箇所もあって、無性《むしょう》に押したくなった。どうなってしまうんだろう。

「この卓《たく》の上についているカメラが正面カメラ、さっきうちの祖父が無意味に見張ってたのが横カメラ、司会者目線のライブカメラ。この三個をときどき切り換えて、飽きない映像にします。それをこっちのパソコンに流して、インターネット配信します。その配信の様子を、舞台のところにある大きなモニターに映して見れるようにしています」

「卓っていうのは、ここのスペースのことですか」

「あ、そうです。ごめんね、音響スペースのことを卓っていうひとが多いから」

「だいじょうぶです、なんとなく文脈でわかったので」

それから配信方法や撮影方法を教えてもらった。

マイクチェックとモニタリングを交互にやって、意見交換し、おおまかなチューニングが済んだ。

進行に合わせてかける音楽を準備し、再生すればいいだけの状態に整えておく。これが私の仕事。未知の業務を学《おぼ》えるたびに、この店の一員になれている気がして、とてもうれしかった。

明日のイベントに備えて、宿題もせずにいつもより何倍も早く就寝した。

*

今週の日曜イベントは、子ども悩み相談室だった。

なにをやるのかと思っていたが、聞きたいことがある子どもを壇上にあげて、磯崎さんから答えを聞いたあと、由衣先輩からお菓子をもらって降りるという内容である。

「晴れたからお客さん結構入ってるね」

「あ、歌穂、おはよう」

「はよー」

「気が抜けてるね」

「そんなことないよ、役があるからね」

「ホールはそんなに忙しくないって聞いたよ」

「写真を撮る係なんだってさ、私」

映像配信もするし、写真撮影もする。

記録することに積極的なのは、オーナーの意向なのかな。

「まあ写真って宝物になるから、がんばりたいよね」

「もしかして、歌穂って写真にもこだわりがあるの？」

「これも話してなかったね。ファッション好きなひとって、なんかほぼ自動的に写真も好きみたいなところあるから。私はそのなかでも過激派で、写真はぜんぶ遺影だと思ってる。撮った五秒後はなんともなくとも、十年後とか、なんなら死後、その写真がだれかを癒やしたり、だれかをつなげたり、だれかの心の支えになったりするんだよ」

「そうだよね、写真って、なつかしい。なつかしいからこそ、写真なのかな」

「おもしろいこと言うよね、史乃って。一昨年《おととし》の九月にさ、駅前でひとが集まってたの知ってる？」

「ああ、ママと一緒に通った気がする」

「あそこに私も居たんだけどね」

「ええ、そうだったの！」

「うん、おじさんたちに紛《まぎ》れ込んで」

「ほんとにおじさんだらけだったよ、歌穂のほうがわかってると思うけど」

「駅舎が取り壊しになる日だったんだよ。だから私はレンズを向けていたの」

「記念にってこと？」

「普通の言いかたをするとそうなるかも。でも私のなかでは、記念というだけじゃなくて、間に合いたいっていう気持ちがあるの」

「間に合いたいから、撮る」

「そう、間に合いたくて撮影しに行ったの。風景って、当たり前だけど、いつかなくなっちゃうんだよね。ひとにも遺影があるように、風景にも遺影がある。遺《のこ》されたひとたちは、駅舎自体を失っても、まだ写真とか思い出があるんだって言って、諦めないで済む。間に合ったことで、今度は写真を愛するようになる。あの日までのすべての記憶が、この写真に詰まっているんだって思うことで、なくなった駅舎を愛し続けることができる。愛し替えることができる」

「そうなんだ……すごいね」

熱弁してくれる歌穂に対して、そんな感想しか言えないじぶんがひどく悔しかった。

間に合うということは、愛し替えるということらしい。たしかに私は、あの駅舎が駅ビルになってから、以前の風景をよく思い出せない。思い出も一緒に消えちゃったのかもしれない。

「過去は取り消せないはずなのに、風景が失われることで書き換えられちゃう。間に合わなければ忘れてしまう。自己紹介のときの話じゃないけどね、記念という名詞だけだと伝えきれない気持ちがそこにあるんだ。地味な服を着たおじさんが寄ってたかって駅を撮影してて、周りから見たら気持ち悪いかもしれないけれど、取り消せない過去を取り消せないまま保存するために重い機材を持って、平日にわざわざ足を運んで、周りから白い目で見られながら、きっちりファインダーを覗き込んで、想いを籠めて、丁寧《ていねい》にシャッターを切っているひとたちが、私はたまらなく好きなんだよね」

だから撮影は私に任せて音響よろしくね、とラブリーに言った。

歌穂の考えていることは、ちゃんと聞いてみないと全然わからない。ちょっと間抜けな子だと思っていると痛い目に遭う。私よりもずっとよく、世界を観察しているのかもしれない。

「このカメラいくらだと思う？」

「一万円くらい……？」

こういうところで、ものを知っているか知らないかがバレる。

「そりゃあ史乃たちが齧《かじ》りつく哲学書が二百冊は買えるだろうね」

「そうなんだ、やばいね、見た限りただの筒《つつ》なのに」

「もちろん筒だから自作もできるけれど、最新技術が詰め込まれた筒なんだよ」

「今度また詳しく教えてほしいなあ」

「もちろん望むところですぜ、ダンナ」

「よろしくでありんすでござんす」

ふざけたテンションで、歌穂とカメラの勉強会の約束をした。

しばらくして磯崎さんが登壇し、イベントが始まった。元気よく手を挙げたり、お母さんにおされたり、いろいろな子どもたちがステージの横に並んだ。

果敢《かかん》な子が段をかけ上がり、正面カメラの位置とか場《ば》ミリとか、そういった大人の事情をすべて無視して磯崎さんと対面した。

「コウキ、五歳、です。きいてください。どうして、いぬをかったら死ぬまでそだてなくちゃいけないんですか」

「なるほど、一人目からトップスピードじゃな。しかも、それをひとりで考えるのはむずかしくて苦しかったじゃろう、コウキくん」

コウキくんは、はい、と元気よく受け応えた。

磯崎さんはゆっくりと立ち上がり、ホワイトボードに文字を書き始める。

——"Tu deviens responsable pour toujours de ce que tu as apprivoisé."

どこの言語なんだろう。英語ではないことぐらいしかわからない。

「フランス語ですよ、サン・テグジュペリという児童文学の作家です」

杜子さんがいつものように解説してくれる。

「コウキくん、帰りにそこの図書館に寄って、『星の王子さま』という本を読みなさい。その十二章、王子様とキツネが出合うシーンを何回も。そこに、このことばが書いてある。

おそらく邦訳では『きみの作った結びつきには永遠の責任がある』みたいな感じじゃろう。ここに書いた見慣れない文字はフランス語といって、いまはまだわからんじゃろうから読まんが、最後の『アプリボワゼ』ということばだけは、いま覚えておきなさい。おなじ世界に産まれながら別様《べつよう》に生息していて、触れもせずぶつかりもせず知りもせず関わりもしなかったもの同士が、なにかの力によって、強く結ばれることを言う」

うん、とうなずく。

「コウキくんが犬を飼うということは、たくさんいる犬のなかから、その犬を選ぶということじゃな。あるいはコウキくんが犬を飼いたいって思わなかったら出合うことさえなかった犬じゃ。またあるいは他のひとに選ばれていたら、やっぱりコウキくんとは会うことはなかった犬じゃ。出合えなかったかもしれない未来を何度も排除しながら、コウキくんと犬は結ばれる。それを選ぶことのできたコウキくんには、永遠の責任があるんじゃ。ずっと、ずっと、ずっと、ずっと、その犬とコウキくんは結ばれる。なにかの拍子《ひょうし》に逃してしまっても、餌をあげなくとも、死なせてしまっても、選ばなかった以前の世界には、おたがい戻れない。もうその犬と出合うまえの世界は消滅する。たとえタイムマシンを開発して時空間的に戻ったとしても、アプリボワゼの責任は終わらない。コウキくんには、アプリボワゼの責任が、死んでも消えても残り続ける」

再び、うん、と返す。

「それを不幸だと思ってもいいし、しあわせだと思ってもいい。その結びつきがコウキくんの人生を超えて存在してしまっている以上、コウキくんはできる限りのことを尽くす以外の選択肢を持っていないんじゃよ。それがわかってしまったとき、どうしてですか、なんてくだらん精神的な問いを考えなくなる。合理的な理由なんてどうでもよくて、大人の模範解答なんか蹴散《けち》らされて、懐疑的な思考なんて挟む余地もなくて、そんな暇も退屈も与えられなくて、結びつきは常に結びつきとしてコウキくんを縛《しば》りつけるんじゃ」

いちばん力強く、うん、と肯定して、わかった、とだけ言ってお菓子をもらっていた。

「あの、杜子さん、こんなに本気で回答するんですか」

「ええ、むしろこれが名物なんじゃないかしら。あまりの迫力に泣き出す子どももいて、それをあやすのが由衣先輩の役。登壇しない子も、登壇している子に自己投影して、なんとなくだけどじぶんが言われた気になる。それで十分じゃ、と言っていました」

たしかにコウキくんは凜々《りり》しい表情で磯崎さんの説教を聞いていた。

お母さんが、こんな表情みたことない、とコメントしたところで、次の子と替わる。

「アリサです。七歳です。せんせーは、どうしてかんがえているんですか」

「先生というのは、わしのことでいいかね」

アリサちゃんは、大きく首肯した。

「どいつもこいつも、むずかしいことを聞くわい。将来有望じゃなあ」

再び立ち上がり、ホワイトボードに殴《なぐ》り書《が》きしてゆく。

——"Die Philosophie ist eigentlich Heimweh; ein Trieb überall zu Hause zu sein."

さっきよりも大文字で始まる単語が多い。どこのことばなんだろう。

「ディ・フィロソフィエ・イスト・アイゲントリッヒ・ハイムヴェー」

磯崎さんはひとつだけブレスをしてから、続きを暗誦《あんしょう》した。

「アイン・トリーブ・ユーバーアル・ツーハウゼ・ツーザイン。アリサちゃんは七歳じゃから、帰ったら録画を視て、何度もわしの真似をして、この一節をまるごと覚えなさい」

はい、と礼儀正しい。

「ノヴァーリスという二百年前の炭鉱技師が言ったことばじゃ。アリサちゃんのお母さんのお母さんの、そのまたお母さんが産まれるよりももっとまえに、このことばを言ったドイツ人がいた。わしがたくさん考えるのは、お家《うち》に帰りたいからじゃ」

「おうちにかえれないの?」

「ああ、お家に帰れんのじゃ。そのお家というのは、お母さんがいて、お父さんがいて、テレビがあって、テーブルがあって、お洋服があって、ご飯があって、お風呂があって、犬がいて、というお家のことじゃあなくて、もっと原初的なお家のことを言う。つまり、お家というのはふたつあって、アリサちゃんが帰りたいと思ったときに帰るいつものお家と、もうひとつ実は、帰りたいと思っても帰ることのできないお家があるんじゃな」

「そのおうちはどこにあるの？」

「どうも『あっち』にあるということだけが高い確度でわかっておるんじゃが、困ったことに、その『あっち』がだれにもわからん。アリサちゃんやわしの心のなかにあって、それはきっと『あっち』なんじゃ。そのもうひとつのお家に帰りたくて、わしは、ずっと『あっち』を探している。『あっち』ってどっちって、途方《とほう》に暮れながら、考えている。アリサちゃんも大きくなったら、わしとおなじように『あっち』を探すかもしれない。おなじように途方に暮れるかもしれない。なにもわからなくて、ぜんぶ嫌になるかもしれない。そのときは、このハイムヴェーというドイツ語を思い出しておくれ」

ハイルヴェー、と幼い発音で繰り返す。

磯崎さんは、しつこくハイムヴェーと正した。その厳密さに驚くことなく、発音矯正《きょうせい》が三度も続いた。

「このことばは、もうひとつのお家に帰りたいよ、という意味不明なのに絶対的な確信のことじゃ。もうひとつのお家に帰りたくなったら、考えるしかない。途方に暮れるしかない。考えるというのは、途方に暮れることでもあるからな。そしてそのうち、『あっち』がどっちかわからなくともお家にいる気持ちになることだけはできる。私は『あそこ』から来たんだな、と感じるようになる。わしはそこを目指しているんじゃな」

がんばって、と励《はげ》まされ、磯崎さんはすこし照れくさそうだった。

「なんなんですか、このイベント」

「さあ、わかりませんが、視聴者は盛り上がっているんでいいんじゃないですか。茅場さんは嫌いですか、こういうの」

「いえ……むしろ、感嘆《かんたん》しかできないです。手加減をしないのに、ちゃんと伝えたいことが伝わっていて、すごい」

「そうなんですよね、今日の回答はよかったですね、熱意が謎めいていて。私は、こういう場所にいれることをしあわせに思うんです。知識と引用で殴っているように見えるけれど、そうじゃない。ただただひとりの哲学者が、捨て身でぶつかっている。大人が本気を出している。子どもがそれに応じて目を開く。いや、そういう私の部外者的、第三者的な分析的な態度がぜんぶ虚しくなるほど、一所懸命なところが好きなんです」

そう、私も……。

「私も、たのしいです！」

「なら、よかったかな。こんな大人になろうと思ってなれる気はしませんが」

それは同感かもしれない。

みんなここで働いているだけじゃないんだ。ここを居場所だと思っている。私も、ここを居場所にしても、いいのかな。不安と希望が織《お》り交ざって、急に私の思考の中心を支配し始めた。

*

「茅場さん、日橋さん、こんばんは。早く、こっちこっち！」

こんばんは、私たちは挨拶する。

既に酔《よ》っ払《ぱら》っている理菓さん。いつもとちがうテンションにおどおどしてしまう。

「マッキー、ドリンク出してあげて！」

バーテンダーのコスプレをしている石巻さんは、コップを拭《ふ》いていた。

狭いところでの佇《たたず》まいが似合っている。

ふだんから陽気なひとたちが、さらに陽気になっている。酒気は帯びるが湿気を帯びないカラカラの赤道みたいなハイテンションで私たちは迎え入れられた。

「歌穂、これじゃあ、私たちは打ち上げできなそうだね」

「そうだね、でも、みんな楽しそうだから、私も楽しいよ」

天使のような笑顔という比喩《ひゆ》は、こういうときに使うのだろう。

歌穂の笑顔は輝いていた。純真無垢《むく》で、一心不乱で、だれにも誤解させない本物の笑顔だった。

店内のＢＧＭは、聴いていて不愉快にならない音楽。

外国語の詞がミドルテンポに歌われており、どこか懐かしい望郷の響きが染み入る。

「石巻くん、起きて」

「起きてますよ。寝そうなのは古街さんのほうですよ」

「御託《ごたく》はいいからアレ作って」

「絶対言われると思って、準備だけできてますよ。神ちゃんも飲む？」

「いただこうかな。実は古街さんが言い出すのを期待してたり」

はしゃぐふたりは、私の目にいつもより幼く映った。

「巻くん先生！」

「いい質問ですね、歌穂さん」

「まだなにも言ってません！　ありがとうございます！」

「このひとたちのために、アイリッシュコーヒーを作ります」

「エスパーですか……」

「女子高生でもエスパーって言うんですね、感動しました……」

あれ言わないいっけ、と真面目なトーンに戻って私のほうを向く。

大人が言っているのを聞いたことはあるけれど、じぶんで言ったことはないような気がする。

「アイリッシュコーヒーは、ウイスキーという蒸留酒と、コーヒーと、生クリームでつくるカクテルです」

「石巻くんの得意なカクテルなんだよね」

「ええ、正月に作ったときも三回しか失敗しませんでしたからね」

「三回……？　巻くん先生、失敗が三回って多くないんですか？」

「あ、歌穂ちゃんがいい質問をしましたよ！　先生！」

「薀蓄《うんちく》で誤魔化させてください！」

理菓さんがどうぞどうぞと楽しそうにジェスチャーする。

「アイリッシュコーヒーというのは、空を飛ぶひとのために生まれたカクテルなんです。飛行機には、航続距離といってどれだけ遠くまで飛んでゆけるかの性能があって、いまは十何時間も飛行できるようになりました。時は一九四〇年代、航続距離がほんとうに短かった時代。アイルランドの首都ダブリンから大西洋を渡るには、途中で何回も燃料を注ぎ足すために降ろされていました。それをテクニカルランディングというのですが、多い航路では十回も降りなければならない時代だったんですね。アイルランドからの航路に、シャノン川の水上飛行場があって、待合室までは川を渡らなければならないんです。アイルランドの冬は当然極寒《ごっかん》で、凍《い》てつく風に乗客は体温を奪われる。そこで温める方法はないもんかと考えた男がいたんです。アイルランドのウイスキーと名産の生クリームに、熱々のコーヒーを併せた合理的なホットドリンクを考えて、飛行場の酒場で出しました」

それが大絶賛されたわけです、と有識者さながらすらすらと歴史を解説したけれど、だれも聞いてはいなかった。石巻さんは休めていた手を再度動かし、カウンターに一風《いっぷう》変わった装置を準備した。茶色の酒が入ったグラスは斜めに傾けられ、その下に設置してあるアルコールランプの火が側面に当たる。

この状況でなにが起こるのだろう。そこはかとない高揚感があった。

「スローリー、スローリー、ローテート」

理菓さんが、以前に見たことある動きを、頭のなかでことばを頼りに反復するように、ちいさくかわいくつぶやいた。酔っ払ったこっちが本性なんだろうか……？石巻さんはグラスをゆっくり回す。ランプの火を何度も調整する。たった一分間の、カウンター上の出来事に、惹《ひ》き込まれてゆく。

大人が楽しみにしていることを、私も歌穂も、一生懸命、楽しみにしていた。楽しみな気持ち半分と、じぶんたちにその楽しさや理法がわかるかどうか不安半分という感覚だった。

以前にちょっとだけ飲まされたお酒は苦くて全然楽しめなかったし、煙草《たばこ》も吸う以前にケムリが無理だった。ギャンブルも楽しめない。宴会も疲れるだけだし、古い映画の良さもまだわからない。体育祭が終わったあと、大人の真似して打ち上げに行き、大人の真似して余興をし、大人の真似してだれだれとだれだれがキスをするなんて言って、大人の真

似して一本締めをする。みんなは楽しそうにしているけれど、ほんとうに楽しいのだろうか。大人がいつも楽しみにしていること、楽しんでいること、私にはその理法がまったくわからなくて、たまに不安になる。

「さあ、いまの話は忘れて、ゴブレットのなかを見ててください」

ダイナミックな動作で燐寸《マッチ》を擦《す》り、グラスに入れる。

火が移り、なかで青く育った。

「これがフランベです。ウイスキーのアルコールを飛ばしました。飛ばさないやりかたもあります。ここに濃いホットコーヒーを入れます」

コーヒーを注いでゆく。注いでもまだ、火は消えない。

「火が残ったときはかき混ぜて消します。かき混ぜることをステラ、混ぜるスプーンはマドラースプーン」

説明的な口調でマドラーを回し、生クリームを流し込んでゆく。

五分もしないうちにアイリッシュコーヒーができてしまった。

「ギャグはなかったけれど、ちゃんと成功したね」

「マッキーの練習量が見える手つきでしたね。層が綺麗です」

「ありがとうございます。茅場さん、歌穂さん、いかがでしたか?」

私も歌穂も、すごいとか、かっこいいとか、綺麗とか、そんなようなことを言うしかなかった。この気持ちを表すことばを、一切、持ち合わせていなかった。

そのあと先輩たちは潰れるまで飲み続け、私と歌穂は顔を合わせて笑った。これのなにが打ち上げなのかと聞かれたら、途端《とたん》にその条件を見失ってしまうような、最初から最後までダラダラし尽くしていた打ち上げだったけれど、私は、ここで、みんなと楽しく過ごしたいと強く思った。

第三章

置き忘れてきた覚悟

welcome to
Maid Café Philosophique
"Sophandi"

四月二日、金曜日。

朝から緊急の招集がかかった。

「よく来てくれた。全員にメールを送って、全員が集まるのなんてはじめてじゃあないか。それはともかく、われわれもそこそこ知名度をあげて、いろいろなサイトにも名前があがるようになってきた。今日はその筋からインタビューの依頼が舞い込んでおる。噂《うわさ》をおもしろおかしく流布《るふ》するようなニュースサイトではなく、今日は、ちゃんと取材を行う情報サイトからの取材じゃ。もちろん断る理由はないと判断し、呼びつけた。いろいろ聞かれると思うが、これだけは忘れるな。相手の質問や、こちらの回答の、その内容のポジティブやネガティブにこだわるな。流されるな。信頼に足《た》ることとして話せ。信頼できるなにかとして引用させろ。それだけじゃ」

質問や回答の、その内容のポジティブやネガティブに流されるな——磯崎さんのことばを誤訳しないよう繰り返し味わう。

「命令形を続けるなんて臣さんらしくないっすね」

「大事なのはわかったかどうかじゃが」

「もちろんわかってますよ。むしろ俺、ちょっと響きすぎて、なんか言わないと保ってられなかったので」

石巻さんは、すんません、と会話を無理やり切って、なにかを反芻《はんすう》しているような動作に入る。今日も黒いシャツを着ており、その姿は様《さま》になっていた。

料理にも、ひとつひとつの食材、ひとつひとつの調理法に、ネガティブとかポジティブといった感覚はあるのだろうか。

「最低限の情報共有をしておこう」

磯崎さんの合図で、最近のお給仕についてレポートする流れになった。

由衣先輩は金融会社のサラリーマン、海運会社の社長など重たそうなところを相手にしていたらしい。理菓さんはオールマイティ、だれのどんな悩みでも対応しているという。石巻さんのところには、カフェの店長や飲食店の開発部のひとなどが訪れた。磯崎さんのところには、身の回りに相談できる大人がいない学生や新社会人、新しい世界を求めてきた主婦、方向性を見失った大学院生などが話をしにきた。

お客さんは、ある程度、私たちの性質を理解したり期待したりして、ここに来ているということがはっきりわかった。それはノクディプが機能していることの証左《しょうさ》に外《ほか》ならない。

理菓さんが言っていた背伸びしなくていい、女優にならなくていいというのは、つまりお客さんの目を信用していいということでもあったのだろう。

――信頼できるなにかとして引用させろ。

先は命令を畳《たた》みかけられたインパクトにやられてしまったけれど、よくよく考えたら、信頼できるなにかとして引用させる、というのはどういう意味で言っているのかわからない。聞くべきか葛藤《かっとう》したが、とにかく失敗するよりいいと考えて聞いてみることにした。

「あの……」

「どうしたの、史乃ちゃん」

「たぶんじぶんで考えるべきだと思うんですけれど、でもやっぱりわからなくて。さっきの信頼できるなにかとして引用させるというのは、どういうことなのかなって」

ほんの一瞬だけ、だれが答えるべきなのか、それともまだ答えないほうがいいのか、といったコンタクトがあったように思えた。

そんなやりとりなどなかったかのように、由衣先輩が私の注意を引きつける。

「リッスン、史乃ちゃん、たしかにじぶんで考えることはとても大事だし、それができなければここのメイドは務まりませんね。でもなんのためにノクディプがあるのか、なんのために書庫があるのか、なんのためにこうやって一緒に店をやっているのか。それは、じぶんでわからないことを知るため。わからなかったらちゃんと聞くこと、これは今日の取材でも大事になります」

「そうか、そうだ、今日、いまから必要なことでさえ私は」

「それもよくないね、史乃ちゃん。ネガティブな内容に流されている」

思考が止まる。止めなければ変われない。

「具体例。ロボットは動揺するかしら」

「……しないと思います」

「私たちが、いま、動揺するとか、動揺しないと言えるのはなぜだと思う？」

「言えるのは」

ことばに詰まる。由衣先輩は、極めてイージーなことだよという雰囲気を漂わせながら、非常にむずかしいことを質問する。私は即座に答えられなかった。理菜さんはわかっているようだけれど、石巻さんも、歌穂も、私とおなじように表情を曇らせていた。

「コンピューターは演算をしているだけなのに、私たちはそれを動揺するとかしないとか感じている。そうやってじぶんに引き寄せて類推する。人間に寄せて考える。動揺しない。困らない。落ち込まない。嘘をつかない。否定のアナロジーをつなぎ合わせて、じぶんを理解しようとする」

「それはなんとなくわかります。悲しむとか悲しまないとかそもそもないのに、ロボットは悲しまない、と思っているってことですよね」

「そう、だからそれをやらせましょう、という話」

ヒント自体がむずかしい。頭がパンクしそう。

「教えてもらえると思っとったんじゃろう」

まさに図星だった。

言われるまで意識していなかったけれど、由衣先輩が話し始めたとき、聞いてさえいれば理解できると思ってしまった。大人の嫌らしい先取りを感じる。

「安心せえ。日橋くんも諒太もわかっとらん顔しておるわ」

ふたりして、えへへと笑った。

「今日に限らず、まだ信頼関係を築いていない相手同士というのは、逆に信頼のトリガーを持っておる。これさえこうなら信頼しよう、というフック、条件、ことばはなんでもいいが、そういうポイントを必ず持ってきよる。それが大きな綺麗事のときもあれば、ちょっとした弱音だったり、単に金や売上の話だったり、いろいろじゃな。美しいことを言えばいいのか、下ネタを言えばいいのか、ユーモアか、ジョークか。結論から先に言うべきか。論理的に説明すべきか。情熱的に飛躍すべきか。相手がどんなことば、どんな実績、どんな角度を期待して待っているかを探れ」

そこまで言い切り、静かに立ち上がった。

茶色のクラシックバッグから取り出したプリントをゆっくりとおもむろに配り始める。

「東京カルチャー日日《にちにち》通信、今日の取材のところですか」

「そうじゃ。日橋くんなら、ヒビ、と読むところをよく読んだ」

「オーナー、なに言ってるんですか、歌穂ちゃんならヒヒって読みますよ」

歌穂はおそらく図星だったのだろう、なにも言えずに泣き真似をしていた。

「すまなかった」

泣いているふりの歌穂に言ったのか、正しく指摘した由衣先輩に言っているのか、磯崎さんはひとつもわからないトーンで無責任に謝罪した。

「今日のインタビュアーは大手新聞にも寄稿するレベルのやつじゃ。普通の取材とは意味合いが異なる。ここはひとつ気合を入れてもらいたい」

沖見屋《おきみや》省吾《しょうご》という人物が担当した過去の記事を読み回す。彼の特徴はわかりやすく、大前提となっているところに敢えて『なぜ』を放り込み、その問いに動揺することなく堅実な答えを返すことで信頼してもらえるようだった。

取材というのは、ほしい情報を狩りに行くことだ、という彼の発言も載っている。狩りという比喩をうまく理解できなかったけれど、なにも知らなければ、私は、狩られていたかもしれない。

「彼は店を取材するときでも、個人に対して重要な質問をする。そのときの答えを周りがフォローするのをひどく嫌う傾向がある。だから、どんな質問があってもフォローなしでいく。頭に入れておけ」

あと二十分くらいじゃ、と言ってバックヤードに戻っていった。

石巻さんはドリンクとスイーツの最終準備に入った。由衣先輩は店の衛生状態を見てまわり、歌穂は入口近くで出迎えをしている。私は、たくさん質問されて詰まってしまうシーンを想像して緊張してきた。すみやかに、化粧室へと、逃げ込む。すくなくとも店に迷惑のかかるような嘘や見栄《みえ》はやめよう。念仏を称《とな》えるように、だいじょうぶ、とじぶんに言い聞かせ続けた。

間もなく沖見屋さんが到着して、歌穂が案内する。私も化粧室から脱出し、なに食わぬ顔で挨拶をした。

「あそこから配信しているんですね」

音響卓を見ながら沖見屋さんがつぶやいた。はじめての来店らしい。

「このテーブル動かしてだいじょうぶですか。まえに三名が座っていただいて、奥に二名、立っていただく感じだと助かります。まえは真ん中が新人の茅場さん。両サイドに磯崎先生と古街さん。後方は日橋さんと石巻さん。このフォーメーションでお願いします」

私たちは言われたとおりに整列した。

「早速ですが、今回は取材を受けていただきありがとうございました。改めまして、東京カルチャー日日通信の沖見屋省吾です。ニュースではなくインタビューという形で情報配信をさせていただきます。おそらく茅場さんの登場で新たにソファンディのファンになったかたがたも多いと存じます。どういう人柄のひとたちが運営しているのか気になるところだと思います。虚飾《きょしょく》や事実をねじまげる編集はなしでお伝えいたしますので、ご安心ください」

由衣先輩が、代表してあいさつを交わした。

「それではまず、オーナーと店長を兼任されている磯崎さん。あなたほどの偉大な研究者が、どうして方向転換し、急に店を始めようと思われたのですか」

「急に見えるが、長く悩んだ時期もある。私欲というか、仲間がほしかった。アカデミックな研究や論文にも社会的価値はあるが、それに一生を費やすほどの勇気も興味もわしにはなかった。遅れてきた反抗期ならぬ、遅れてきたドロップアウトじゃ。わしにとっての社会貢献というのは、哲学者の論文を緻密に研究して解釈することではなかったし、厳密な説明書を作ることでもなかった、それが大きい」

「なるほど、ありがとうございます。ソファンディでは特に規則がないと聞きます。なにをしても基本は自由ということでしょうか」

「教わったことは、ここではあまり役に立たん。むしろじぶんに教わることがたくさんある。自己伝授とでも言うんじゃろうか。とにかくなにかを考えること、なにかを考え始めること、なにかを考え出すこと。その土台があってこそ、教わることや気づくことが役立つものじゃ」

「とても説得力がありますね。茅場さんは、いまここでなにを自由にやっていますか」

私の番が来た。焦らない。ポジティブな流れだけど、流れに流されないでしっかり答える。聞かれたことだけを的確に答えていこう。

「はい。私はいま音響をやらせてもらっています」

「音響とはまた裏方ですよね。ご興味があってのことですか」

「最初の討論会ではじめて見て、ひとめぼれです。かっこいいなあって思っていたら、やらせていただけました」

「自由な風紀についてなにか感じるところはありますか」

的《まと》を絞らないアバウトな質問もある。

磯崎さんが配った傾向と対策に記してあった。

「感じかたを縛られなくていいです。どんな高校生もおなじだと思いますが、学校でも家でも子どもを縛りたい大人がたくさんいて、すこし窮屈に思うことがありますから、ここでは縛られない。その自由に対してじぶんから責任をとっていくゆるさが気に入っています」

「古街さん、この店にとって茅場さんはどんな存在ですか」

「新しい風ですね」

「いいですね。新しい風、この評価について茅場さんはどう思われていますか」

「未来です。私は未来に属しているんです。過去でも現在でもなくて。それはきっと私自身の属性ではなくて、このソファンディという場所自体《そのもの》が未来なんです。未来を再教育する場所」

沖見屋さんは、一瞬だけ、呆気《あっけ》にとられていた。

「なんというか……すごく、いい表現ですね。オーナー、ここは詩人を育てる場所でもあるということでしょうか」

「んなわけあるかい」

ですよね、と言って食い下がらない。現実逃避的な質問だった。

「改めて茅場さん、いちばん尊敬している人物は」

「父親かもしれません」

「それはなぜ」

「むかし一緒に風呂に入ったとき、お湯があふれたんです」

「それだけでですか」

「私が逆立ちしてもできないことを、簡単にやってのけてしまったんです。そんなこと、と言ってしまえるところから考え始めてみると、そういうところを尊敬してしまいます」

「なるほど、つい見下したり見逃したりしてしまうところに、見るべきものがあるということでしょうか」

「おおむねそうです」

沖見屋さんは、演技がかった動作で何度もうなずいている。

「石巻さんと日橋さん、裏方をしていて楽しいですか」

「じゃあ俺から。とても楽しいです。おなじ答えになってしまいますが、自由なんです。任されているからこそ、やってやろうという気持ちになります。もちろんダメだったときは、だれよりも反省して、次はもっとうまくやろうという気持ちになりますが」

「日橋さんは」

「私は入ったばかりですが、一つひとつのメイド服に魂を籠めています。そうしたら一日があっという間に終わっていて、無我夢中なんです。こんなところにこんな生活があったなんて、若いうちに知ることができてよかったです。毎日が楽しいです」

「古街さん、今後オーナーが第一線で活躍できなくなったとき、どうしますか」

「オーナーには申し訳ないですが、いなくてもだいじょうぶです。そりゃあ寂《さび》しいし、固定ファンも減るかもしれませんが、私も歌穂ちゃんも、石巻くんも、オーナーの精神性を受け継いでいますし、これから先、史乃ちゃんも大物になってゆくと思います。そこまで過去にこだわらなくともなんとかなるように、オーナー自身がいろいろ根回しをしているんだと思います」

「茅場さん、磯崎さんのことをどう思っていますか」

「父とおなじ、あるいはそれ以上に尊敬できるひとです。このあいだのノクディプで、これは実は哲学じゃありません、という注意を堂々としていて、こういう大人になれたらいいなって思いましたし、日曜日の子ども相談会でも、フランス語とかドイツ語とか、子どもに対して妥協せず媚態《びたい》をつくることもせず、いつかわかってくれればそれでいいという長距離射程で取り組まれていて、いままでの私の人生ではあり得ない登場人物です」

「逆に磯崎さんは、茅場さんをどう思っていますか」

「この場所で、ひととの関係を何度も考えてもらいたい。まあそれは茅場くんだけではなくみんなじゃが、特に彼女にはそう思う」

「関係を考えるというのは」

「こやつは、わしとの面談で、親との関係のことを、無意識に関係性と言っておった。関係ではなく関係性と言うとき、そこには関係自体を抽象的に考えてしまう理由がある。たがいの目のまえにあるたがいの具体的な肉体ではなく、もっと手触りの薄れた戸籍であったり、呼び名であったり、そういう曖昧《あいまい》なものでしか関係を把握できなくなっていると言えるじゃろう。一度そこにはまってしまうと、人間不信というか、関係不信というか、この存在でさえ不確かなものとなってゆく。夜になると寂しいとか、友だちと喧嘩して悲しいとか、そういうのはひとりでもどうにかなるもんじゃが、存在が虚しくなったとき、人間はひとりだけでは戻ってこられん。じゃから、そのまえに、ここで関係を考えてほしいと思ったんじゃ」

　磯崎さんの熱意が、私のなかに入ってくる。ぐちゃぐちゃにかき乱される。私のことが真剣に考えられている。そんな経験、いままであっただろうか。私は受け取りかたさえわからず、ただただ感動しながら硬直していた。

　最後にはお決まりの、あなたにとって哲学とは、という質問が与えられ、それぞれが用意してきたじぶん語りをして終わった。

＊

　嵐が通過したような、災難感と安堵感。

　受け答えの反省会はしなくていい、と先立って忠告してもらえたが、だれが素直にじぶんの瑕疵《かし》を見逃せるだろうか。記事が公開されるまでこの後ろめたい感覚は抜けないだろう。

　それでもやるべきことは、スケジュールの未来だったところから、現在まで流れてくる。過去が未来になるのではなく、未来が過去に流れてゆくように、私はちょうどその真ん中で事務的に処理をしているように感じる。

　予約のお客さんが予約どおりに来店した。

私は所定のあいさつを滞《とどこお》りなく済ませる。彼女の名前は川住香織《かわすみかおり》。文字がすこし震えていて、緊張しているのは私だけではないと安心した。石巻さんがオーダーをとったあと、すぐに川住さんのほうからはじめましてと話しかけてくれた。

「こちらこそ、はじめまして」

お嬢様がご帰宅なさった、という設定を望んでいるわけではないようなので、そういうお客さんには設定を薄めて構わないルールになっている。由衣先輩は、メイドを求めてくるひとなんていないけれど、建て前でやる必要があると確信しているようだった。

「近くで見ると、この衣装、ほんとうにかわいいですね。衣装の可愛さでも有名なんですよね」

「ありがとうございます。そうだったんですね。これはうちの日橋歌穂が制作しているんですよ」

その話も有名ですよ、と笑顔で教えてくれた。インターネットの集合知に触れている分、私よりも詳しいことがたくさんあるかもしれない。

「川住さんのことも教えてくれませんか」

「はい、そのために来ましたからね。いきなりですけど、私、激しい嫉妬魔《しっとま》なんです」

「嫉妬魔？」

オーダーしたドリンクが運ばれてきた。川住さんはブラックティー、私はアンチャンという青いハーブティー。話の邪魔にならないようコースターに素早く置き、石巻さんはかるく会釈《えしゃく》して去っていった。

「嫉妬魔っていう用語があるかわかりませんが、いまの時代、インターネットでだれとだれが仲良いか見れるじゃないですか。それでじぶんの気になるひとを追いかけて、他のひとと仲良くしていると妬《や》いてしまうんです。そんなじぶんがほんとうに嫌で、見れない設定にしたり、ネットの環境をやめたりしたんですけど、耐えられなくなってまたおなじことを繰り返しちゃう。そんなじぶんを変える手がかりを求めて来たんです」

「わかる、なんて簡単に言ったら失礼かもしれませんが、よくわかります。私も会ったことないインターネット上の知り合いをマークしていたことがありました。気になる相手ほどやめられなくなりますよね」

「わかってもらえてすごく安心しました。茅場さんはなぜやめられたんですか」

「相手にとことん嫌われちゃった、というのが大きかったと思います」

「私は痛い目を見ても続けちゃう、たぶん病気なんですかね」

病気ということばを自然に発したときの表情が、ひどく自虐的で伏《ふ》し目がちに見えた。まだ早いかもしれないけれど、川住さんの固着した発想を変えるならここしかないだろう。

「私は、そうは思いませんよ」

切り返されたのが意外だったのか、奥ゆかしい表情にわかりやすく衝撃が走っている。いきなり切り返される気持ち、その嫌な予感までぜんぶ、いまなら私もよくわかる。だけどそれを伝えてもしかたない。

「川住さんは行動力があるんです」

川住さんはまだ怯《ひる》んでいる。次の反応を待つよりも畳み掛けたほうがよいかもしれない。相手にとっていちばんリアリティのある具体例をあたかもじぶんが見つけたかのように言う。由衣先輩が教えてくれたことは、ほとんど詐欺師に等しい付け焼き刃的なコールドリーディングだった。

「普通どこかでやめてしまうと思うんです。じぶんにやめる言い訳をして。でも川住さんは、好きの気持ちが強いからこそやめないことができる。終わらせる勇気じゃなくて、続ける勇気を選べる強いひとだと思うんです。その強い気持ちがあるから、それが嫉妬になってあふれてきちゃう。川住さんの嫉妬は、感情の出口なんだと思いますよ」

川住さんは、ゆっくりと、そういう風に考えたことはなかった、とつぶやいた。

「でも、嫉妬を出口にするのはつらいですよね。私にもすこしわかります」

うんうん、とうなずいてくれている。私の同調はまちがっていない。

「だから入口にするんです」

「入口？」

「そう入口です。嫉妬を結論にするんじゃなくて、嫉妬を次の行動につなげるんです。嫉妬だからもっと可愛くなろうとか、嫉妬だからもっとおしゃれになろうとか、なんでもいいと思います。川住さんには強い気持ちがあるから、それだけきっと可愛くもなれるし、おしゃれにもなれるし、知的にもなれるし、どこまででも行ける可能性がある、って感じました」

うわあ、とあふれてきたような声が川住さんからもれた。

「会ったばかりなのに、これほど希望を与えられるとは思っていませんでした。出口じゃなくて入口、言われてみたらたったそれだけのことなのに、ほんとうにすごい」

「会ったばかりですが、会った瞬間の川住さん、どうにかしたいものを背負って持ってきたから見てくれ、という鑑定番組の挑戦者みたいな印象がありました」

なんですかその比喩、と笑ってくれた。しあわせな話をしながらそこにメッセージを籠めるのはむずかしいから、希望をメッセージとパッケージにするしかない。

私たちは、時間いっぱいまで、お互いの話をして過ごした。それは私にとっても愉しい時間となった。

「川住さん、茅場さん、お楽しみのところすみませーん」

石巻さんが厨房のほうから私たちの名前を呼ぶ。やけに焦っている調子だった。

「なんでしょうね」

「さあ、なんでしょう。あのひとたまによくわからないので」

川住さんは、そうなんですか、とおもしろがっていた。いまはなんでも愉快に聞こえる。そろそろ時間だから、という店の仕切りをやるようなひとでもないので、なにをするのかまったく予想できなかった。

容器を置くような音が二回、なにかを持ってくるのかもしれない。条件反射で美味しいものを期待してしまう。

「お待たせしてすみません。おふたりがあまりに愉しそうだったので、俺もクラフティ作っちゃいました。店からのプレゼントなんで、どうぞ食べてください。あ、もちろんゆっくり食べてください。いまは他のお嬢様がいらっしゃらないので、特別ですよ」

私も川住さんも目を輝かせた。こういう特別待遇があるなら、私もソファンディに客として通いたいと本気で思う。

「石巻さん、クラフティってなんですか」

「フランスの田舎《いなか》風焼き菓子のことです。サクランボとタルト生地で作るんですけど、今回はぶどうにしてみました。種無しなんで安心して食らいついてだいじょうぶですよ。焼成《しょうせい》が間に合わないかと思ったんですが、ギリギリ間に合ってよかったっす」

「だからあんなに焦った声だったんですね」

「茅場さんにはバレてましたか」

「いや、ふたりともですよ」

石巻さんはなんとも言えない大げさなリアクションをし、川住さんはお腹が痛そうに笑っている。その光景があまりにしあわせすぎて、私もつられて大笑いした。

そこからまた二十分ほどおしゃべりをし、店頭まで見送った。

初対面のひとどここまで打ち解《と》けたことはいまだかつてない。きっと私のなかで由衣先輩の影響は計り知れないほどにあるのだろう。

がんばらなきゃね、と、川住さんのいなくなった方向の、宙に向かって、私はつぶやいた。

店舗に戻り、磯崎さんに呼ばれる。いつも突然だ。心の準備ができない。

「父親捜しはしておるのか」

あの日から一週間が経った。

毎日が楽しくて、父親を捜している余裕なんかなかった。

「いまは、そんなにです」

「まだ父親には会いたいんか」

「どうでしょう、会いたい気がします。どうしたんですか」

「どうしたというわけじゃあないんじゃが…… いま、頗《すこぶ》る楽しいじゃろう」

「底抜けに楽しいです。こんなのが私の毎日になったんだなって思うと、底抜けにしあわせです」

「そりゃあよかった」

「磯崎さん、なにがよかったんですか」

「ほお、しっかりひたりついてくる、そういうところが哲学向きじゃな。よかったというのは、むしろそういう生活のほうがよいじゃろうという意味で言った」

「私は父に会いたいです」

「まあ、焦るもんじゃあない。わしも母親を捜したことがある。四十年もむかしの話じゃから、いまほど手法が確立しておらんでな。聞き込みを始めて、一週間しても手がかりなし足がかりなし。じぶんのポテンシャルを疑ったもんじゃが、自己嫌悪していても仕様がない。警察に泣きついて、たしか若い警察官じゃった、いろいろと調べてくれて、ついに母親の居場所がわかったんじゃ」

「それで、再会できたんですか」

「結論について物語るつもりはないが、親捜しをした人間から枢要《すうよう》なポイントを伝えておこう。これからどんなことがあっても、お前さんは、父親の自慢の娘になることはできない。普通の生活は取り戻せない。理想像は、二度と修復できない」

「やっぱり、教えてください、どうなったのか。食い下がらせてください」

「まあ、ええか」

磯崎さんは、忘れもせんが、と前置きをして体勢を楽にして話し始めた。

「十月六日、寒くもなく暑くもない日。いい年にもなってわくわくしておった。大学の研究員になれたことをまず報告して、喜んでもらって、自慢の息子だと言ってもらうつもりじゃった。これからは母のために生きようとさえ思っておった。わしのシナリオは完璧で、どうしてこれまで実行しなかったのかとじぶんを叱《しか》った。それで実際に会ってみたら、もう亡くなっておった。二人目の父親が老いぼれているだけじゃった。それでも来たからにはなにかを得なければと思って、その老いぼれに話を聞いた。およそ毎日のようにヒステリックになって、物を壊して、彼に当たっておったそうじゃ。部屋にはその痕跡がいくつも見えた。見えないようにしたがな。日記の文字もぐしゃぐしゃで読めたものじゃあない。いまであればなにかしら病名がつくんじゃろうが、当時は当時じゃ、そのまま息絶えたそうじゃな」

そうか、私の父も、もういないのかもしれない。

「それでもわしは、母を求めてしまった。墓に通い、生前の母の話をしてくれるひとを訪ね歩いた。よほど精神が貧しいやつに見えたのじゃろう。あんまり手厚くはしてもらえんかった。お前さんほどの子どもだったら、もうすこし同情を買ったかもしれん。いや、いまのは要らん一言じゃったな、すまん」

「いえ、気にしていません、事実でしょうし」

「居ないひとを居場所にしようとして、わしはひとり勝手に苦しんだ。理想の母とはまるでちがっている現実に、ひとり気をおかしくしていた。学会に出ても、素人みたいな議論をして追い出されて、研究室で引きこもりみたいなものをしていた」

「大変だったんですね……」

「そりゃあ大変じゃった」

「こんな言いかた失礼かもしれませんが、私も、そうなるかもしれません」

「父親の欠点はなんじゃ」

私の父親の欠点……そんなもの考えたことなかった。

「つい一週間前じゃったな、欠けているものはあるかと言って、ないと即答してみせたのは。あのときのお前さんの自己像には驚かされたが、今度は父親像を聞かせておくれ」

「父の欠点は、わかりません。すごく優しくて、そんなものなかったような……」

「先の思い出話は、わしもお前さんとおなじように、母親のことをそう思っておった、という教訓として受け取ってくれ」

身の程知らずがちょうどいいときだってある。

磯崎さんは、そういうことを言いたいのだろうか。

「それで、実はここからが本題なんじゃが」

「いつも以上に迂回《うかい》したんですね」

「重要な本題は、丁寧な前置きを必要とする」

「うちの母とは真逆かもです」

「なんの話じゃ」

「なんでもないです、前置きのためにいろいろと割《さ》いてくださってありがとうございます」

「ある人物からメールが届いておる。音読するぞ。お久しぶりです、臣さん。ほんとうにお久しぶりです。取り急ぎ、要件だけお伝えします。お騒がせしております茅場史乃の父親捜しですが、私が彼女の父です」

え、どういうこと……。

お騒がせしているって、なにがあったの。

「いつかこの時が来るのではないかと心の片隅で思っていましたが、まさかこんな大きな件になるとは……メーリスで広がって研究者仲間のあいだでも捜索が始まってました。私事でみなさんの研究時間を割かせてしまい、大変申し訳ないです。彼女に会うべきなのかどうか、私自身、はっきり申しあげまして、まったくわかりません。私は棄てた身です。病《やまい》も持っております。先は長くないでしょう。そういったことから会うべきではないと確信しておりますが、彼女は私に会いたいらしい。それなら会うべきなのではないか。望むようにしてやるのが、私の責任なのではないかと案じます。じぶんの身の振りかたをひとに託すのは恥ずべきことかもしれませんが、臣さんにお伺いしたい、私はどうすべきなのでしょうか」

どうしよう、私のお父さんだ……どうしよう。

私は、はやる気持ちをおさえて、磯崎さんに説明を求める。

「文脈を説明しよう。最初にお前さんの話を聞いて、そんなやつがいた気がして、哲学者のメーリスに流したんじゃ。それで見つかった。会うなと言っておきながら、わしの馬鹿さ加減にも呆れるが、見つけてしまったということじゃな」

伏せておくことだってできるのに、なんて正直なひとなんだろう。

「三十年前、お前さんの親父はわしのゼミに通っておった。完全な偶然じゃろう。わしはずっと、古代ギリシア哲学で語られている人間の内面性みたいなものに興味があったんじゃが、そんな古臭い哲学は非常に分が悪くてな、研究者は全員おたがい知り合いという狭いコミュニティでひそひそと研究を続けていたんじゃ。そんなときにやつと会った」

父の、初めて聞くエピソードに、私はひどく緊張する。

こういうとき、どういう顔をして聞けばいいのだろう。そんな瑣末《さまつ》なことを気にしているのは、一種の現実逃避なのかもしれない。

「ついこのあいだまで高校生をやっとった文学部の一年小僧が、肩で息をしながら、暑苦しい声で、古代ギリシア哲学を俺に教えてくれ、と言ってきおった。学問としての哲学に興味をいだくやつなんてすくないが、そのなかでも古代や中世は不人気でな、わしは反対した。心のなかでは大歓迎しながら、それでも、食っていくにはあまりに分が悪い。もっと現代的なもののほうがいい。それでも、どうしてもやりたいという。何時間ぐらい言い合ったじゃろうな、根負《こんま》けしたというか、まあ、わしもそのことばを待っていたというか、向こうもそれを感じたんじゃろう、そこからしばらく授業とはべつにいろいろと教え込んだもんじゃ」

育児放棄するような人物像には思えない。

私の父に、なにがあったのだろう。きっとなにかがあったにちがいない。私の知らないことが、たくさん伏せられていて、たくさん欺《あざむ》かれているという直感があった。

私の身体は一気に熱くなってゆく。

「そこから研究を続け、三十九歳で教授になった。三十代の後半で教授になれたというのは、いまでも信じられん。特にわしらの大学は、莫迦《ばか》みたいに厳格な上下関係を無駄に保っておった。それでも若くして教授になれたというのは、業界的でわかりにくいかもしれんが、ほんとうに凄いことなんじゃ。簡単に言ってしまえば、優秀で、熱心で、仕事人じゃった。韋編三絶《いへんさんぜつ》と呼ぶにふさわしく、ずっと研究書を読んでおったな。まあそれはどうでもよくて、ずっとわしが世話をしてきたら、久闊《きゅうかつ》を詫《わ》びながら、またわしの世話になろうというメールじゃな。なんとなくわかるか」

「わかります。そんな歴史があったんですね」

「このメールを受け取ったのが二日前で、わしもいろいろと思い出しながら考えた。わしにもわからんくなった。こやつが育児放棄するというのもわからん。会えるなら会ったほうがいいんじゃあないか、事情を聞いたほうがいいんじゃあないか、いやいや会ったら不幸になるのは火を見るより明らかじゃ。感動の再会だの、お涙頂戴《ちょうだい》というシナリオは期待できん。親は子の成長に理想をいだいてしまうし、子は親に理想像を見出してしまう。そんな状態で会ったら、不幸になる。どっちがいいのか、結局、わしにもわからんくなってしまった。じゃから、日曜日、わしと討論で勝負しよう。勝ったら会わせてやる。負けたら努力して諦めろ」

「正直に明かしてくださってありがとうございます。父も託しているようですし、承知しました」

磯崎さんは、真剣な表情のまま、部屋に戻っていった。

——居ないひとを居場所にしようとしてひとり勝手に苦しんだ。

私の父は生きている。病気を患《わずら》っているけれど、それでも生きている。現存している。それでも私にとっての父というのは、もう『居ないひと』にあたるのだろうか。居ないはずだった父という存在に、私は居場所を感じていいのだろうか。

わからなくなる。

それでも会いたい。会ってみたい。考えれば考えるほど、会いたいという気持ちが増してゆく。父への複雑な気持ちは、複雑なまま私の心で底止する。どこにも放り投げることなく、外に向かって表現されることなく、ただただ沈没したまま終わっている。

信じられないほどの緊張感を保ち、芒《すすき》の葉が硬直するようにかたく構えたまま眠った。

*

「メイユール・パンセ」

由衣先輩のかわい子ぶったメイユール・パンセが発動された。

「本日も、お集まりいただきありがとうございます。ご主人様は春休み、いかがお過ごしでしょうか。半数くらいは日曜なのに仕事だぜ、というサラリーマン風の表情をしておりますね。春休みのなか、お勤めご苦労さまです。本日は告知通り、特別企画を実施いたします。我がソファンディの権力者・磯崎臣と、大型新人・茅場史乃ちゃんとの討論会をやります。インターネット配信のほうもそうとう閲覧者数があるそうですね」

由衣先輩は、杜子ちゃんいまどれぐらい、と身を乗り出して尋ねた。

杜子さんは手のひらを見せて、五、という数字を伝える。五千人でもない。五十人でもない。だれにでも単位のわかるジェスチャーだった。

「ただいま五人が閲覧しているそうです。というのは冗談ですが、すごいですね、五百人。

大規模です。それにしても手サインはいいですね。こうやって指をくっつけて円を作ってお金を表すサインは、大隈重信《おおくましげのぶ》が提案したと言われております」

「以前、証券取引所ではセリみたいにな、手サインで株の売買を伝えていたんじゃよ。おでこに『力』と書いて電力会社、障子《しょうじ》を開ける仕草でなになに商事、投げキッスをしたり、ブラジャーの形を作る手サインもあったわい」

「そんなものがあったんですねえ。オーナーがやるとセクハラものですが、当時はあのピリピリした空間でまじめに投げキッスをしていたということで、想像するだけで異様です」

予想通りのリアクションだったようで、磯崎さんは大笑いしていた。

「いい反応じゃな。いま古街くんが言った『想像する』ということばにも、ジェスチャーがあるわな。目をつむって、頭の左右、つまり耳の真横でお手上げのように手を開く姿の。あれはどうして、イメージしてごらん、みたいな意味になるんじゃろうな」

だれも疑問に思ったことのないことだった。

磯崎さん自身もわからないようで、諦めて進行をうながした。

「ええ、では、ルールは簡単です。いまから三名のご主人様・お嬢様を選出し、悩みやふたりに聞きたいことを教えていただきます。その悩みに対して、おふたりが回答します。どちらの回答がよかったかを、拍手の量で決めるものです。贔屓目《ひいきめ》もあるかと存じますが、なるべく公平なジャッジをよろしくお願いします」

杜子さんが、ルールを改めてコメント欄に書きなおした。

——三番勝負、二本先取。ジャッジはみなさん。

「では、早速はじめたいと思います。メイユール！」

パンセー、という声が飛び交い、独特な響きを生んだ。

杜子さんがイコライザーで音を調整している。

胃がキリキリと痛んだ。お腹でも、胃でも、人間は思考できる。かつては心臓で思考していたという。信じられない気持ちと、なんとなくわかる気持ちが同居している。

——がんばれ、私の心臓。

最初の出題者は、挙手の早かった赤いコートをまとったひとりの女性が指名された。

由衣先輩のマイクが手渡される。

「高校三年になりました、花音《かのん》と申します。いま学校で倫理を学んでいて、大学で哲学を勉強してみたいのですが、哲学はなにを教えてくれるのでしょうか」

コメント欄にもおなじ内容が書き込まれる。

単純だが、ほとんどアドリブでうまく答えられるような質問ではなかった。

「花音さんありがとうございます。いきなり哲学の話題でオーナーが有利なので、まずはオーナーがお答えくださいますようお願いします」

「承知した。答えから申しあげよう。哲学が教えるものは、結論のその先じゃな」

メイユール・パンセ
みてる
メイユール☆パンセ
ゆいにゃん
メイユールパンセ
はやい
メイユールパンセ
わこつ
ゆいにゃんかわいい
わこつ

結論のその先、というキャッチーなことばに、ほとんどのひとが引き寄せられたように見えた。

「科学にせよ、君のお父さんお母さんにせよ、君自身にせよ、なにかについて結論めいたことを考えたり、言ったりする。たとえば、地球は自転していますとか、今日の夕食はカレーにするのがいいですとか、哲学はなにかを教えてくれるはずです、とか。それがほんとうに絶対に確実に正しいか、とはだれも考えん。もし、カレーにするのが正しいのか、それとも鰆《さわら》の味噌漬けにするのが正しいのかを考え始め、答えがずっと出せないままじゃったら、晩御飯は宙吊りになる。飯にありつけなくなってしまう」

わしはそんなの嫌じゃ、と言ったところで会場から小さく笑いがおこった。

「それでも哲学というやつはちょっと変わっていて、結論めいたことをもう一度スタート地点にしようと働きかける。ほんとうにカレーでいいんだっけ、といちいちねちっこく聞いてくる。なにが正しいんだっけと言って、論点を何度も繰り返しながら、すこしずつ異なろうとする運動と言ってもいい。だから非常に厄介なんじゃよ。わしや君が産まれる遥かむかしから、何度も何度も繰り返されている論点を、今日も明日もまだやるわけじゃ」

晩御飯の話から、いつの間にか、壮大な歴史の話になっていた。

「非効率的に思えるじゃろう、いい加減にしてほしいと思うじゃろう。でも哲学は、この話は済みました、とは考えない。考えることができない。済むとか、終わるとか、決まるとか、そういった結論めいたことは、哲学において一瞬の火花でしかない。あらゆる結論は瞬間芸術とおなじで、次の瞬間には振り出しと化している」

花が開くようなジェスチャーをして、大きくひとつだけ呼吸した。

「たとえば、いま君が拡がり終えた宇宙のいちばん端《はじ》っこにいたとしよう。もうこれ以上は宇宙ではない境界線上。人間がもっとも遠いと思い込んできた地点。そのときミスター哲学が現れて、こんなことを言う。『じゃあここから自転車で五分ほど走りましょうか』。ミスター哲学のせいで、『宇宙の終わりから自転車で五分ほど走ったところ』という概念ができてしまった。これは困ったわい。そんなところあるんじゃろうか。宇宙工学屋さんか、天文学屋さんか、コンピューターサイエンス屋さんか知らないが、とにかく学者がいろいろ計算したり、観測したり、理論を打ち立てたりして、わしらは宇宙よりも遠い場所を知ることになる。哲学は、終わったところに現れて、まるでいま始まったみたいな雰囲気を作るムードメーカーじゃな。以上」

「オーナー、ありがとうございました。さすがに答え慣れている感じがありましたね」

「いや、こんなちゃんと説明するのは初めてじゃあないか。今日の気合の入りかたはおかしいから、むしろ変なことを口走ってポイントマイナスにならないか不安じゃよ」

磯崎さん、本気なんだ。模範解答に熨斗《のし》をつけたような内容。勝てる見込みがない。わかりやすいし、引き込まれるし、聞きたいことがすべて聞けた印象を与える秀逸な言い回しも、すごいとしか言いようがなかった。

私は、もし勝てなくとも、ちゃんと勉強したところを見せなければ……。

焦らず、答えよう。

「では、後攻の史乃ちゃん、お願いします」

「はい。磯崎さんが結論のその先だと言うなら、私は、哲学は、条件を問い直すものだと思います。たとえばここで、いま私の言った条件ってなんのこととか、問い直すってどういうこと、という風に、一つひとつ確かめてゆく緻密な作業です。言い換えれば、知っているつもりになっていたことばを、改めて問い質して、その問いに回答してみようとすることです」

磯崎さんとおなじことを言ってしまわぬよう、慎重にじぶんのことばを継いでゆく。

ゆっくりと、にこやかに、花音さんに語りかけるように。

ひとりに向けて本気で語ることばの熱意は、きっと他のみんなにも拡散する。

「お前は侵略者だ、と言うとき、侵略者とはどういうひとのことかという条件を問うことはありません。お前は侵略者だ、という台詞《せりふ》において大事なのは、お前は侵略者だと決めることでしかありません。決めつけるひとのさじ加減で、なんにでもなります。そこにミセス哲学が現れて、こう言ったとしましょう。『ごめんあそばせ、貴方《あなた》の言った侵略者というのは、具体的にどのようなかたのことでして』。まあ、これは磯崎さんへのオマージュですけれど」

　コメント欄も盛り上がっているけれど、なにより磯崎さん本人がいちばん笑ってくれていた。

　かわいいメイド服を着ているだけで、すこしだけ普段よりも開放的になれる。小芝居のような、普段やらないことだってできる。私は遠くへ飛んでゆく。

　お前は馬鹿だとか、それは幻想にすぎないとか、印象的なことばで断言するとなんだか真実を預言した気になってしまうが、その条件を自問自答することはできない。馬鹿ってどんなひとのことなのか、幻想だからなんなのか、そこまで考えが及ばない。まるで革命ばかりに夢中になって、革命を達成したあとのことをまったく考えていない群衆のように。

「もちろん絶対的な一義なんてないし、画一的で均一的な意味なんかないから、条件を問い直したところで正しい回答にはたどり着けないのだけれど、それでも、私とあなたのあいだでことばが地《じ》すべりを起こしているんだ、とわかるためにやります。たとえば、価値観がちがうから別離しようという段になったとき、その価値観というのは単なる好みのことでしかないかもしれません。そもそもちがうとか、おなじとか、それってどういうことなのか簡単に説明できるものではありません。価値観がちがう、というたったそれだけのことば遣いに、私たちの、どうしようもないほど確かな、信じられないほど多くの無知が詰め込まれているんです」

私は語気を強めて、締めくくるように言った。もっと言いたいこと、言えることはあったけれど、ヘマしないうちに終わりたかった。

「ありがとうございました。それでは拍手のほう、お願いします」

磯崎さんへの拍手は大きく長く続いた。コメント欄にも8の字がいくつも並んでいる。やがて鳴り止み、私は負けを確信した。

負けたとわかっている結果発表ほど気乗りしないものはなく、私のわがままでじぶん勝手な不満がするすると顔に表れる。

「では、史乃ちゃんの回答がよかったかた、拍手をお願いします」

口にも眼にも蓋《ふた》があるのに、なぜ耳に蓋がないのだろうとどうでもいい愚痴《ぐち》を内心で吐いた。

それでも私の予想に反して、一瞬前に聞いたことのある拍手が再び起こった。まるでリプレイ映像を観ているかのような、再放送をしているかのような、おなじことがおなじように反復されていた。

拍手は大きく長く続き、コメント欄も突風のような様相《ようそう》となっている。

「これは……どうしましょう。まさかここまでとは思いませんでした。とにかく勝敗がわかりませんので、一問目はドローということにして、もし必要なら四問目以降のサドンデスというルールに変更いたします。おふたりともよろしいでしょうか」

「それがベターじゃろうな。にしても、わしも互角になるとは思わんかった」

悔しそうな、どこか嬉しそうな、珍奇な雰囲気を残していた。

——磯崎教授が引き分けるなんて見たことない。やばい。

互角、それがどれだけすごいことなのか、コメント欄で視聴者が教えてくれる。いまのでよかったんだ。私はじぶんを過小評価しているのかもしれない。

「それでは二問目に突入します、シュワッチ。という掛け声はいささか古すぎましたかね。すみませんでした。どなたかありませんか。……はい、そこの丸眼鏡のご主人様」

「ありがとうございます。ジョージと申します。職場でいじめみたいなものがあり、じぶんも周りも憤っていて、どうにか解決したいと思うのですが、上司が話を聞いてくれません。こういうときってどうすればいいのか、というのを教えてほしいです」

「なるほど、ありがとうございます。お勤め先で、いじめとまでは言い切れないけれど、周りも不快になるほどの過度な行為があり、それを解決したいから方法を教えてほしいとのことです。ふたりの新旧の哲学者はどのように斬《き》り込むのでしょうか！」

音楽のボルテージが高まり、コメント欄のランページが際立った。私もすこしだけ興奮している。このひとに勝ちたいと心の底から思えている。

「先攻はわしがもらってもええか」

「ええですよ」

「さて、ジョージさん、と言ったかの。あなたに答えなければいけないことは、実はとてもすくない。問題を解決するためには、熱意、知能、人間関係、金、暴力、この五つのリソースを組み合わせるだけじゃからな」

さっきとおなじく結論から話し出す。

「わしらはよく『だいたいのことは金で解決できる』という拝金《はいきん》主義的な教訓を耳にするが、それはひとつの真実じゃ。おなじようにだいたいのことは熱意で解決できて、だいたいのことは知能や知恵で解決できて、だいたいのことは人間関係、つまりコネじゃな、コネで解決できて、だいたいのことは暴力とか腕力で解決できる」

考えたこともない分類に、私の頭が追いつかない。

金で解決できるという教訓を拡張しようなんて思ったことなかった。

「たとえばあなたが逮捕されてしまったとしよう。世の中には刑務所暮らしのほうがいいという変わったやつもおるが、わしらにとってはいまの普通の生活を失うことが問題となるじゃろう。もちろんその問題の解決は日常生活に戻ることじゃな。その解決策のアイデアには、熱意か、知能か、コネか、金か、暴力という五つの方向性がある。昭和の脱獄王は、網走《あばしり》刑務所を脱獄したときにどうしたかを見てみるとしよう。その脱獄方法は至極簡単で、手錠と監視口に、なんと、味噌汁をかけ続けただけじゃ」

味噌汁というワードに、会場がどっと笑った。

コメント欄では味噌汁を称《たた》えるものが目立つ。たしかに味噌汁、すごい。

「笑いごとじゃあないわい。塩分によって次第に錆《さ》びてゆき、脱走することに成功した。これは知能と、多少の熱意もあるかもしれんな。このふたつの組み合わせでアイデアを生み出し、コネと金と暴力を使わずに解決してゆく。もうひとり対照的なやつを紹介しよう。ハイテクノロジーが施《ほどこ》された監獄を抜け出した麻薬密売人のエピソードじゃ」

磯崎さんは、具体例を重ねることが蛇足《だそく》となることを恐れない。

それだけじぶんの持っているネタに自信があるということなのだろう。

「こやつは、他の囚人宛てに本を送らせる。その中には弓鋸《ゆみのこ》の刃が挟んであり、監視カメラの死角で天井に穴を空ける。天井裏から換気シャフトに抜け出せるルートを見つけるのじゃが、このまま逃げたとしても家族や知人のところには警察が行っているだろうと思い直し、新聞広告で孤独を訴える女に『無実の罪で収監されている』と連絡をし、文通を始める。女からの信頼を得たのち、出所だと嘘をついて脱獄後のフォローをお願いする。ここまでは完璧じゃな」

ダイジェストだとしても話がおもしろい。テレビ番組の特番で三十分以上できそうな奇怪さがある。どんな人生を歩めば、こんなに魅力的な話ができるようになるんだろう。

「ところが結局は、出所ではなく脱獄だということがバレて捕まるんじゃが、こちらはコネが目立つアイデアと言える。先の網走とは対照的じゃろう。もちろん『保釈金を払えばいい』と、やはり拝金主義的な解決もある。いちいち脱獄せず懲役《ちょうえき》を真面目にこなすことは、すなわち熱意じゃろう。具体例が長くなったが、要するに、計り知れない熱意でもって問題を圧倒してしまうのか、卓越した知能で巧みに解消するのか、周りのひとを動かして解決のための力を何倍にも跳ねあげるのか、とにかく金と腕力で押し切るのか、あるいはそれらを組み合わせることでしかない」

磯崎さんは一呼吸おいた。

私のそわそわした心理状態に反して、非常に落ち着いている。

「上司に解決できるポテンシャルがあるなら、熱意でいってもいい。すくなくともあなたは、まだ、本気の熱意でもって上司に訴えたわけではないじゃろう。捨て身で訴えかけるのも手段じゃからな。もちろん怒りを熱意とまちがえて、怒りを上司にぶつけてしまうのはお門《かど》ちがいじゃが。人間関係で考えれば、上司の上司に相談してみるのもよい。ジョージさんにできないことができるひとに、仕事をさせるというだけのことじゃ。あなたはそのひとが動いてくれるように手配し、敬意を表《ひょう》し続けるだけで充分。もちろん問題の複雑さによっては、そのコネの動かしかたに知能が必要なこともある。まあ、こんなところか」

「ありがとうございました。白熱した回答でしたね。それでは史乃ちゃん、お願いします」

哲学書に書いてあるような緻密な議論ではなく、実地的な、実際的なことを話している。負けないように、対抗できることを言わなければ。

「はい。私がいまから語るのは、弱者の理論になります。権力的解決もなければ、金銭的解決もありません。私たちのような平民は、どうしても熱意や知能、周りとのコネをフル利用することでしか、問題を満足に解決できないんですね。そこで大事なのは、問題をよく理解することです。もっと言ってしまえば、ルネ・デカルトですが、問題を分解していって、一つひとつ数えやすくすることです」

私は、磯崎さんとおなじことを言っていないだろうか。だいじょうぶだろうか。私独自の視点で語れるだろうか。

だいじょうぶ、だいじょうぶ、不安が声に乗らないよう、即席の自信を量産する。

コメント欄には杜子さんの踏み込んだ解説が付け足された。

——分解して枚挙すること。デカルト『精神指導の規則』のなかで解説された「真理の見つけかた」のプロセスの一部。以下は有名な引用箇所。『ある認識が単純な直観へと還元されえない場合はいつでも（…）われわれが全信頼を寄せるべきものとしては、唯一、枚挙（enumeratio）しか残っていないのである』

まるで用意してあったかのような素早さで、引用箇所が出てくる。杜子さんがどんな生活を送っているのか気になったが、いまは、勝負に集中しなくてはならない。

「枚挙、枚挙です。ありがとうございます、杜子さん。それで、ジョージさんは、職場でいじめのようなものがあり、じぶんも周りも憤っていて、上司もなにもしない、ということを仰《おっしゃ》いました。まず問うべきなのは、それのなにが問題なのか、ということです」

おもしろいエピソードもないから、スタート地点を変えることでしか私は闘えない。

「バカにしているわけでも、軽視しているわけでもありません。なにが問題なのか、もっとよく理解しなければなりません。そのいじめ犯に退職してほしいのか、懲戒《ちょうかい》免職にしたいのか、民事裁判したいのか、異動してほしいのか、改心してほしいのか、良心の呵責《かしゃく》から謝罪をしてほしいのか。あるいはいじめられているひとにもっと強く反発してほしいのか、じぶんの権利を組織に対して、相手に対してちゃんと主張してほしいのか、なにも言わないで我慢してやりすごそうとしているのが自己保身的で気に食わないのか。上司に上司らしいところを見せてほしいのか、じぶんに問題が起こったときに上司がなにもしてくれないんじゃないかと不安なのか」

畳みかけることで、グループが生まれる。

欲望や不安を標題として、私は物尽《ものづく》しをする。よく途切れずに列挙できた、とじぶんでじぶんに感心した。

「『解決すべき』とか『変えるべき』という前提にあるとき、具体的に、あるいは根本的に、どこをどのように、どうして変えたいのか理解し、その最小単位から始めるべきだと思います。そしてそこからもう一度、問題を組み立ててゆくと、目標地点や手段がはっきりするはずです。問題というのはいつも複雑な形態をしておりますが、できるだけ線条的に考えられるよう分解して、解像度をあげてゆくのが近道じゃないかなと思いました」

これ以上、ことばが続かない。まだまだ言わないと、情報量で勝てないのに、リスキーな蛇足を感じて言い切り、マイクから離れた。

「解像度というユニークな比喩が出ました、いいですね。それではジャッジに移ります」

磯崎さんへの拍手は、先より小さかった。一瞬だけ、勝ったかもしれないと思ったじぶんがいた。油断しているというか、図に乗っている。結果として私への拍手はさらに弱く、心細いものだった。

「二問目は、迷ったかたが多かったかもしれませんが、この量ですとオーナーの勝利となります」

一問目の引き分けは、私にとってのピークだったのかもしれない。哲学の問題で互角だったことに浮かれて、二問目で手を抜いてしまったかもしれない。

落ち込んでいる暇はない。先攻で勝ち切ろう。負けるのなんて嫌だ。

「というわけで、次が最後の問題です。ご主人様、お嬢様のなかに聞きたいことがあるかたいませんか」

挙手が早かったのは、雲から生えてきたのではないかと思うほど綺麗な白ワンピースを着た女性だった。

「非常にわたくしごとなのですが、最近、私の息子が反抗期を迎えたようで、父・母ともに困っております。食事のときにいつもならその日あったことを話してくれていたのですが、最近はうるせえとかなんにもないなどと冷たいのです。どのようにするのがベターだとお考えでしょうか」

哲学とあまり関係なくてすみません、と申し訳なさそうだった。

「なるほど、息子さんが反抗的な態度をとるようになり、動揺されておられるとのこと。打開策、と言わなくともなにか善い手立てがあれば教えてほしいということですね」

「すみません、先に答えてもいいですか」

「オーナー、いかがなさいますか」

「構わん。むしろわしは後攻のほうがありがたい」

それではどうぞ、と由衣先輩が促してくれる。

「あくまで私の経験ですが、私にはそれを語るしか勝ち目がないと思うのでそうさせてください。私はずっと共感してほしかったんです。こうしろ、ああしろ、こうしていればいい、ああしていればいい、親のそういう制限が自己満足でしかないとなんとなくわかるようになって、この世でいちばん不自由だと感じていました。親には言わなかったけれど、私にだって理想の人生があったし、夢も希望もありました」

しっかりと伝える。ことばが過激にならないよう抑制しながら、それでも感情を重んじながら。理性のための余白、感情のための余白をどちらも均等に残しながら。

磯崎さんはじぶんの回答を考えているのか、目をつむったまま歩き疲れたひとのように動かずにいた。

「それをヒアリングすることなく、こうしろ、ああしろ、こうしていろ、ああしていろ、のオンパレード。いまでこそ、親もいろいろと不安だったのかな、となんとなしに相対化するようになりましたが、当時はそんな知性もへったくれもありませんでした。私の不自由は親に由来していて、どうにか距離をとりたいと願っていました。でも私の家は貧乏なんで、距離なんかとれるほどスペースもなく、閉館ギリギリまで図書館を利用したり、友だちの家で晩ごはんをごちそうになるなど、ひたすら我慢しながら生活していたと思います」

呼吸を乱さないよう、深呼吸をして落ち着く。

会場は聞き入っている。

私は、私の言い出せることを言うだけ。きっともともとそういう勝負だったのだから。

「すくなくとも、そのひとそのひとを好きになれる個別の距離というものがそれぞれあると思うんです。あの子を好きになれる距離、この子を好きになれる距離というのはそれぞれ個別にあって、おなじではないんです。私はそれを理解しておらず、無理やりじぶんを歪《ゆが》めることで、母との至近距離な生活を乗り越えました。乗り越えてしまいました。私はとにかく共感してほしかった。私の言えないこと、その言えない理由、言いたくないなにか、そういうのを反抗期とか思春期という便利な概念でまとめてわかったふりするんじゃなくて、一つひとつ親のことばで共感してほしかった。だから、たったひとつ、『私も話すから、あなたも話して』と言ってほしかった。べつにフェアとか平等とかじゃなくていいから、すくなくともおなじ目線でいてほしかった」

私は共感してほしかった。

抱きしめてほしかった。

便利なことばで理解したふりをしないでほしかった。

居ていいんだと教えてほしかった。

私に欠けているものなんて、あの生活に山ほどあったじゃないか。

「ありがとうございます、史乃ちゃん。オーナー、最後の回答をお願いします」

「いちばん大事なことは、子どもも辛《つら》いということを理解してあげることじゃろう。中高生のころというのは、どうしてもなんかうまくいかない気分になるもんで、中学から高校にかけて、子どもは非常に成長する。身体の成長だけじゃあない。頭もよくなって、いろいろな物事を一気に理解できるようになる。老いというやつじゃな。中学生で老いて、高校生でまた老いる。他人とのわかりあえなさとか、じぶんという存在のちっぽけさとか、社会の残酷さとか、親の凝《こ》り固まった価値観とか、そういう否定性を把握できるようになってゆくのに、その知的な成長に対して、今度は心が間に合わない。追いつかない」

まるで私が言われているかのような錯覚に陥《おちい》った。

視ている同世代のひとたちも、きっと、私と似たような感覚になったのだろうと思う。それぐらい、私たちのだれにでも当てはまることで、私たちの自覚できていなかった真実で、隣のだれかと示し合わさなくともおなじ感覚をいだいたと確信できるもので、それを磯崎さんがわかりやすいことばで語っていた。

——敵わないんだね、このひとには。

もうひとりの、メタ的なじぶんが悟る。勝敗だけではなく、もっとなにか漠然とした存在の大きさみたいなことを。

「飛躍的にわかってゆく世界を受け容れるだけの器がない状態というのは、ほんとうにつらいもんじゃ。それが思春期の老いというもので、わかればわかるほど、なにをどうすればいいのかわからなくなってゆく倒錯的な不安、手がかりをなにひとつ持っていないのにリアルタイムな世界が轟々《ごうごう》と過ぎ去ってゆく焦り、それなのに先生も、家族も、仲間も、平気な顔で毎日を暮らしている違和感、そのぜんぶに圧《お》し潰される恐怖、それを可能な限り想像してやるべきじゃろう」

わかるほどわからなくなる不安、世界が過ぎ去ってゆく焦り、みんな平気そうにしていることの違和感、圧し潰される恐怖、どれもがピンポイントで私に突き刺さる。

言われたくないことを言われているのか、言われたかったことを言われているのか、それすらわからなくなるほど、ことばは、ことばが、私の心の襞《ひだ》を抉《えぐ》ってゆく。

「親になるということは、ひとりの他者として子どもに共感する能力も求められるということでもある。大事なことは、不安定な感情を認めてあげることと、それでも食事のときや、大事な親戚《しんせき》付き合いのときくらいは、部屋から出して義務を果たさせること。部屋に引きこもったら最後、不安や、焦りや、違和感や、恐怖と、ひとりの心で向き合わねばならなくなる。インターネットがどんなに発達しようが、部屋にはひとりしかおらんのじゃからな。インターネットというのは、他人がなにをしているのか見知るのに便利じゃが、じぶんがどうすべきなのかについてなにひとつ教えてくれやせん。他人に関する知識や知恵ばかりが身についてしまう」

ノクディプをインターネットから視ているひとは、どんな気持ちになっただろうか。

インターネットの世界は自由だと思われがちだが、たしかに不自由だ。匿名《とくめい》になるとひとは本音を言うと期待されているのに、インターネットにあふれるのはなにをどうすればいいのかわからなくなっている不自由なひとたちの焦りと不安のことばだった。

たくさんのつながりを作りながら、自由なふりをするストレス。なんでもできる、だれとでもつながれる、自由を期待しているだけ、満たされたように思えるだけ。よくよく考えたら、公園の芝生で寝転がってオフラインになっているときのほうが、よっぽど自由で、よっぽどしあわせだった。

みんながちょっとずつ過剰に期待するだけで、そこは息苦しい場所になる。そんなことに気づかないよう、今日もまた余計に接続をする。できるだけ速い電波を検討する。

「逆にお墓参りはとてもいい。先祖を解放してやる行為は、じぶんを解放することにつながるんじゃよ。じゃから、食事と重要な付き合いのときぐらいでいいから、必ず出すようにしてほしい。家族や親戚となにかをするなかで、じぶんを解放できるのだと自然にわかるよう待ってあげてほしい。あなたは普段通りでいい。それがむずかしいというのもわかるんじゃが、そうすれば、そのうち、うちの親もまあそこそこ頼りになるかもしれないなって思って、話すようになってくれるじゃろう。じぶんの思っている以上に、大人っていうのは頼りになるんだなって、感じてくれるようになる」

「ありがとうございました。最後の問題にふさわしく、両者から素晴らしいことばが出ました。それでは拍手のほうよろしくお願いします。引き分けでオーナーの勝利、史乃ちゃんが勝てばドローです」

私はぐっと息を呑《の》んだ。ことばにならない叫びが心臓のなかで反響し、脳は賢く、敗北という結果から逃げる準備を始めた。私の身体は、負けが決まったときの顔を造形し、負けたあとのコメントを執筆する。脳も身体も、私のことをよく計算している。負けることを既に知っているかのように、負けるためだけに私がここに存在しているかのように、まるで決まりきった季節に合わせて決まりきったデコレーションを自己装飾する街のように、私は負けていた。

——負け慣れているんだろうなあ。

そう思うと泣けてきた。こんなに悔しいものだとは思わなかった。勝ち負けにこだわるような人生ではなかったはずなのに、ここで負けることはひどく情けなく思った。磯崎さんが賭けているものよりも、私の賭けているもののほうがずっとずっと大きいはずなのに、負けるということが、私の賭けたものの大したことのなさを強調しているようで、ひどく恥ずかしかった。

*

「おはようございます、茅場さん」

「おはよう、石巻さん。嗅《か》いだことない香りですね、新メニューですか」

「さすが女子ですね。クラフティを作ってます。あとで試食してください」

「もちろん。私、ちょっと休憩室にいますね」

石巻さんを欺き、休憩室で店のパソコンを開く。

昨日、由衣先輩が解除するところをショルダーハッキングしたけれど、『パスワード』と打ち込めばいいだけなので、肩ごしに盗み見するまでもなかった。セキュリティのひどさに辟易《へきえき》とする。反応の悪いマウスを動かしながら、メール画面を開き、受信トレイからそれらしいメールを探す。

「あった」

当該メールはすぐに見つかった。

送り主は、入谷《いりや》宇政《のきまさ》。読みかたは、メールアドレスから察するにノキマサ。耳馴染《なじ》みはないけれど、十二年前の記憶なんてあてにならない。

部屋の外、遠くないところで音がする。回想している場合ではなかった。すぐにシャットダウンし、現場から離れる。

私は店に来たメールを従業員として確認しただけ。後ろめたいことはなんにもない。怪しまれないよう十五分だけ休憩してから、図書館に出かけることにする。

「石巻さん、私、散歩に行ってきます」

「あれ、もうですか。行ってらっしゃい。あ、待って」

嫌な予感がする。身振りが怪しかったか、声がうわずったか、早くここから出してほしい。

「茅場さんの朝ごはんはどうしますか」

それは私が恐れるまでもなく、私自身のことではなく、石巻さんにとって重要な情報だった。彼だって、朝から他人のことばかり気にしていられない。じぶんの仕事のことを考えている。よかった、無事だ。それでも油断しないようにしなければ。

「お昼に一緒に食べるので、保存しておいてくれると嬉しいです」

「承知です。ダイエットですか」

「まあ、そんなところです」

こんな対応で怪しまれなかっただろうか。

会うまでは——会うまではバレないでほしい。

店をあとにして、図書館のパソコンで入谷さんのことを調べる。入谷さんは大学教授で、古代の哲学を専門にしているらしい。このあたりは磯崎さんの情報と一致している。

とにかく調べて、先を急ごう。

「あら、茅場さんじゃない」

「え、あ、理菓さん、おはようございます」

また嫌な予感がする。会いたくないひとに会ってしまった。

「図書館に来られるんですね」

「うん。それより、それ、入谷教授？」

「そうです、ご存知なんですか」

「私の通っていた大学にも招聘されていたからね」

理菓さんは、なにかを詮索《せんさく》しようというわけではなさそうだった。

「どんなひとでした」

「苦労人って感じだったかなあ。若くしてスターダムにのし上がったから、もっとカリスマオーラが出ているのかと思ったけれど、ぜんぜんそうじゃなかったねって友だちと話したのを覚えてるなあ。十字架を十個くらい背負ってゴルゴダの丘でものぼったのかってぐらい、罪深い表情だったと思う。入谷教授の人柄でも調べてたのかしら」

「まあ、そんなところです」

「怪しいね。こんなところで調べて怪しいのは当たり前だろうけれど、何重にも怪しい」

「怪しさは見逃してください」

「正直なのね、いいよ、入谷教授のことあんまり知らないけど有名人だから聞いてることは教えてあげる」

「ありがとうございます。入谷さんに欠点ってありますか」

「ネガティブ情報がほしいの……？」

「ええ、まあ」

「詮索は無しだったわね。欠点というほどかわからないけれど、入谷節《ぶし》って言われててね、とにかく文章が趣味的なの」

理菓さんは微笑みながら、パソコンでなにかを検索し始めた。

「これ、読んでみて」

「はい。えっと『これは私の人生の最大風速の賜物《たまもの》である。綺麗な星空も見えない、大切な色もわからない、明るい希望ものぞめない、だれかの温もりも感じない、ただただ強硬で雄渾《ゆうこん》で過激で克己《こっき》的で冒険主義的な風が吹いており、その風のなかで吹き飛ばされなかった私の思考や身体や心臓が、ここに宿っている』」

「これが入谷節。処女作のあとがきなんだけどね」

「強烈ですね」

「言うねえ。でも茅場さんも、こういうときあるからね」

「え、そうなんですか」

「ヘラクレイトスが好きだって言ってたし、茅場さん波長《はちょう》合ってるんじゃないかな。それと、講義のあとずっと学生の質問に個別で答えてて、嫌な顔もしないし、優しいひとだなあって思ったよ」

「そうなんですね、ありがとうございます」

理菓さんは軽く返礼して哲学書の書架《しょか》に向かっていった。

それを見送ったあと、私は駅に向かった。

今日会わなきゃいけない気がする。理解不能な衝動に駆られて、私はゴールに向かって突き進んでゆく。

私はどうして今日会いたいのだろう。それが私にもわからない。

「優しいひとかあ」
インターネットには、いい噂も、わるい噂も均等に散らばっていた。論理の緻密さを評価するものから、入谷節へのヘイトを噴出するものまでなんでもあった。ひとの心がないという意見から、進路相談をしたら誠実に対応してくれたという意見まですべて出揃っていた。

実は結婚しているとか、指輪をしていないから独身だとか、子どもがいるひとの保守的な思考回路だとか、子煩悩《こぼんのう》っぽいからパパにしたいとか、離婚して養育費を払っているから貧乏な昼食をしているとか、あることないことの情報があることとして渦《うず》を巻いている。

会えたら、なにを話せばいいんだろう。入谷さんにとって、私はどんな存在なんだろう。私はそれを確かめたいのだろうか。

入谷さんの大学は、電車で片道一時間もかかるところにあった。電子地図で道を確認し、迷わないようたどり着く。駅前は既に新入生のようなフレッシュさの学生であふれかえっており、通学路も祭りのように賑《にぎ》わっている。

このうち何人が入谷さんに会ったのだろう。私は、ことあるごとに入谷さんのことばかり考えていた。

大学はもう見えているのに、まだたどり着かないのがもどかしい。景色の新鮮さにわざと気をとられたふりをして、私はどうにか大学の敷地内まで移動できた。文学部の古びた教授棟に入り、騒がしさも消え去る。廃墟のような静けさに身体がこわばる。

——たどり着いたら、会えてしまう。

捜さなければ、求めなければ、起こりえなかった出来事に、私は手をかけている。

服部《はっとり》、寺岡《てらおか》、常石《つねいし》、安田《やすだ》、早川《はやかわ》、入谷……あった！

はち切れそうな胸をおさえて、扉のまえに立つ。

『急用で今日と明日戻りません。レポートは十日までに提出するように』

その貼り紙を見たとき、私は運命の悪意を感じた。

会うなと言われているような気がしたし、実際に会わないほうがいいのかもしれないとさえ思った。

一時間半で終わる父親捜しなんてないかもしれないけれど……。

とぼとぼと、おなじ道を戻り、おなじ段差を今度は降り、おなじ信号で待たされ、おなじような学生とおなじように肩がぶつかる。はじめて見たばかりの改札を抜け、はじめて見たばかりのプラットフォームの端まで歩く。おなじ色の電車に乗り、行きとはおなじではないことを考える。

磯崎さんが忠告してくれたとおり、会わないほうがいいのではないか。そもそも会ってどうするつもりだったのか。私が抱えている不安の正体は、いまさら人間ひとりと会ったところで……。

突然、ポケットのなかの携帯電話が、ほんのわずかに震えたような気がした。私はどこにいてもオンラインで、受け取るメッセージによって、なりたくもない役をできるだけすぐに用意しなければいけなくなる。母からきたら娘、先生からきたら生徒、役所からきたら市民、由衣先輩からきたら新入りのアルバイター、歌穂からきたら幼馴染、他の子からきたら校友、宇宙人からきたら地球人。

地球人の役回りって、どうやってやるんだろう。

——史乃ちゃん、今日はなんか予定？

——明日の始業式の準備で、ちょっと街に出てました。

——ラージャー！

探れば数秒で見破られるような、ちょっとした嘘をつき、それが息をするように出てきたことに自己嫌悪する。いや、それよりも、この嘘を『ちょっとした』と見下していることが問題なのかもしれない。思考はどんどん落ち着きをなくし、自己攻撃的になる。

こんな人間になりたかったんだっけ。

こんな私を父に見てほしかったんだっけ。

私は、またわからなくなる。瞳を閉じて自問したからといって、じぶんの本心と通じ合えるわけではない。私はそんなに出来た人間ではなかった。

そんな思考を繰り広げながら、最寄り駅に到着する。気分の悪い移動だった。

駆け込むひと、走って改札を出てゆくひと。

「ああ、私も……」

私も急いだのだろうか。急いだに決まっている。急いだからなにも準備できていなかったのだし、会えなかった場合を想定していなかった。磯崎さんも、結局はお母さんに会えなかった。私の父はまだ生きている。人生を急ぐ理由も、急いで父と会う理由も、べつにないのかもしれない。会えなかったなかでは、結果として私はハッピーなほうなんだろう。

「なにしてたんだろう」

とにかく戻って、石巻さんのご飯を食べよう。冷静になろう。

いつの間にか店舗に近づいていた。建物の右をなぞって、バックヤードから入る。

「石巻さん、ただいま、そして朝ごはんをいただきます」

「あ、帰ったらまず休憩室に行けって、臣さんが言ってましたよ」

「磯崎さんがですか」

石巻さんが無言で小さくうなずく。

「取り次《つ》ぎ、ありがとうございます……なにがあるんだろう」

「あの、辞めないですよね」

「はい？」

「もし茅場さんのお父さんが見つかったら、ソファンディを辞めるなんてことないですよね」

「なにを言ってるんですか」

「歌穂さんも、神ちゃんも、屋敷のほうでお通夜《つや》みたいな暗い顔してますよ」

それってつまり、父が見つかったということだろうか。それともなにか私の合意をとらずに話が進んでいる……？

「あ、でもいま焼き上がるので、ちょっと持っていってください」

「この匂いはパン……ですか？」

「はい、メロンパン焼成してます」

「メロンパンって、そっか、作れるんだ」

「そのあいだ、俺のギャグでお待ちくださいませ」

石巻さんは太い油性ペンを持ち出し、手になにかを書いている。

その手を見せながら、ダダダダダダダダ、という銃撃音を真似たような肉声を響かした。

彼の手のひらには文字が書いてある。

「ん、ですね」

「ん、って書きました。ハンドが、ん、です」

「ハンドガンって、そんな感じの音でしたっけ」

「これがランチタイムのクオリティですよ」

「手のひらだけに、開き直ってますね」

俺よりうまいの普通にやめてください、と言って石巻さんは落ち込んだ演技をした。

「メロンパンってむずかしいですか」

「パンは、みんなが想像している以上にデリケートなんです。すこしの衝撃ですぐに沈んでしまう。パン作りをうまくなりたいなら、パンに対してやさしい気持ちを持たなければならないんです」

「ああ、だからパンを食べるとしあわせになるのかな」

「茅場さんって、ずいぶんとメルヘンなこと言うんですね」

「石巻さんは、私がパンを食べているときのしあわせそうな顔を見たことないから」

「それはいつか拝顔《はいがん》したいですね」

「焼けたらすぐに見られると思いますが、拝顔料、高いですよ」

「では先払いしておきましょう。メロンパンとかけまして」

え、大喜利《おおぎり》……？

この場で、即興で、精神力が凄いとしか評しようがない。

「茅場さんの悩み事と解きます」

「そ、その心は？」

「どちらも、サク、が欠かせません」

なるほど、なるほど。仰るとおり、まさに策なしの私。見透かされている。

私の沈黙が続き、見計らったようにタイマーが鳴る。石巻さんはゆっくりとその場を離れ、オーブンを開けた。バターとパンが店中を香ばしく支配する。

「俺のほうのサクはうまくいったみたいっすけど、茅場さんもだれかに焼成してもらうといいですよ」

「石巻さんのほうがどうしたんですか、いまのことば遊び、すごく巧《うま》いですよ」

「普段は巧くないみたいに言わないでください。いやあ、いつも通りの実力を出せてよかったです」

石巻さんは、一流のスポーツ選手が一流であるがゆえに言い放つコメントのマンネリズムを演じた。

「茅場さんは興味ないかもしれませんが、こういう当意即妙《とういそくみょう》をイタリア語でラッチって言うんですよ」

「じぶんで言うのやめてください」

「袋《ふくろ》詰《づ》めするので、持っていってください」

私はパンを受け取って、休憩室に急いだ。

ドアのまえで深呼吸。嫌な予感を去《い》なす。

「失礼します」

テレビやソファーを認知する。いつもどおりの休憩室。

ただ一カ所だけ空気がいつもと異なっている。

そこに座っているひとを、私は見たことがある。つい数時間前に図書館で何度も検索した顔。知っているのに知らなくて、知らないのに知っている面影。

声が出ない。開いた口は、きっとずっと塞《ふさ》がらない。

それは、私が、結局のところなんの準備もしてこなかったから。

「はじめまして、入谷宇政と申します」

「はい……存じております」

「どこまで、ご存知ですか」

「入谷節がネットで叩かれているとか……」

入谷さんは、苦笑いまじりの溜め息を、きつそうな表情と一緒に漏らした。

「それと、入谷ゼミの春休みレポートは、十日までに提出しなきゃいけないことです」

「そうか……鳩《はと》が豆鉄砲を食らったときの気持ちに共感できたような気がしました。あの付近は入学式でごちゃごちゃしていたことでしょう」

「教授棟は閑古鳥《かんこどり》が豆鉄砲を食らったような静けさでした」

今度は大きく、明るそうに笑った。ひとりだけの笑い声が、部屋の壁をつたうようにして全空間を虚しく包み込む。

「鳩時計のことを海外では閑古鳥時計と呼ぶところにかけたのでしょうか。あいにくそのジョークに返す教養を持ち合わせていなくて申し訳ない」

おたがいが、ぎこちなく笑った。

こういうときって、もっと号泣するもんだと思っていた。涙の、感動の、運命の再会なんてもの、ないのかもしれない。

それでも不思議なもので、私は、たしかに感動していた。噂でしか知らなかったサンタクロースの実物に会えた子どものように、あるいは書物でしか知らなかった現象を現実に見つけた子どものように、ここにあるべき関係を、ここにあるべきものとして認識できていた。関係性という薄弱な呼びかたなんかではなくて、噂以上のつながり、戸籍以上の結びつき、そこにおたがいの肉体があることを、おたがいが肉体として確かめることができる――私と入谷さんが、この場で関係している。

「あの……わざわざ大学まで捜しにきてくれたのですか」

「わざわざ大学まで捜しに行きました。電車賃は往復で千二百円です」

「私はここまでタクシーで片道二万円です」

「高いですし、電車に乗るべきですし、十二年ぶりに言うことでしょうか」

笑った。

私たちは、ゆっくり、結んだ糸を解くときのような手つきで、コピーアンドペーストしたような、おなじような笑いかたをした。そっくりな笑い声を出し合った。

「話したいことなんて山ほどあるけれど、マトモを装《よそお》うので精一杯だ」

「どうして会いにきたんですか」

「一昨日の討論会なんだが、臣さんに観に来いと言われていて、そこで茅場さんの答弁を目の当たりにした」

「史乃、でいいですよ」

「ありがとう……史乃、なんか、緊張してしまうが、それでじぶんの娘の成長を突きつけられた」

「負けましたよ」

「あそこまで本気でだれかに論じ勝とうとしている臣さんを、私は見たことなかった。それと同時に、まだ十六歳の子が、ここまで自力で考える力がついてしまうような生活を、苦労を、させてしまったんだと、いまさら事の重大さを知った気がして、立ち上がらなきゃいけない気がして、会いたいとのぞんでくれているなら会うんだと決心して、今日ここまで来た」

「十七です」

「そうか、そうだ、十七だ、すまん」

「いいです。たぶん会いたかったです、パパ」

父は、私を抱きしめて、振り絞った声で、ごめんねと言った。

私のなかで乾いていた涙が、すこしずつ戻ってきた。私に通っている血は、ちゃんと私の出来事に反応する。そんな当たり前のことに私はひとつずつ驚いてゆく。

「ひとつどうしても聞きたいことがあります」

「嫌な予感しかしないが、私は断るべきではない」

「私は、不幸ですか」

父は、なんて辛い質問だ、と掠《かす》れるような声で、深く息を吸うのと同時につぶやいた。

「わかってます」

「その質問に答える資格が、私にはない。私は答えるべきではない」

「それは逃げるということですか」

父は押し黙っている。

私も負けじと黙る。

「史乃、君を不幸にしたのは私だ。幸不幸を選択することもなく、十二年前、ただただ不条理に、ただただ理不尽に、不幸にされたんだ」

「なんとなく知っています」

「私は自己保身して、史乃は不幸になった。だから私は、史乃の不幸を認めるしかない。言い訳がましくなってしまうが、どこの段階でまちがえたのか、と私は途方に暮れていた。

結婚がまちがいだったとしたら、史乃はいなかった。それは嫌だった。別居がまちがいだったとしたら、私は働いていくことさえできなかっただろう。職を失い、生活保護の暮らしをしたり、史乃を施設に預けたりなんてことは、私のなかであってはならないことだった」

父は、私の目を何度も見直しながら、じぶんのことを語っていた。

「会いに行きたくとも、晴美は拒否をした。ここまで来ると馬鹿な大人は脅《おど》し合いを始める。子どもは交渉の道具と化す。なにをしているんだろうという気持ちだったが、目のまえの些事《さじ》を消化することしか頭になかった。とにかく稼いで、養育費を入れる。私の、最終的な優先事項はすべてそこに集約されていった」

こんな話は聞きたくなかっただろう、と壁に向かって言った。

「ううん、事情があるから」

「よく、親にも事情があるなんていう話になるが、せいぜい人間の都合なんてこんなもんだ。描いていた理想の未来からはほど遠いところに流れ着いて、運命を引き受けるかどうかの念書に印を捺《お》している暇さえなく、起こったことが起こったことさえあとで自覚するような、とにかくなんにも間に合わなかった無能な話。だれかに言い訳するときは、一丁《いっちょう》前《まえ》に辻褄《つじつま》だけは合っていて、一丁前にずっと祈ってましたのと言って、その実は、どうしようもない俗な事柄のオンパレードで、自己愛と自己保身に貫かれた卑怯《ひきょう》な話で、こういう話を普通の顔で聞き続けられる史乃は、ほんとうに、すごいと思う」

「そんな抽象的な話じゃなくて、ほんとうはなにがあったんですか」

「寿命が縮まるほどイヤな質問だが、いまの話はほんとうのことだ」

「なぜ別居していたんですか」

「そこだよな、いま私が語ろうとしなかったところは。指摘されたあとですら、私は心のなかで、順番に話そうと思っていたんだ、という言い訳を滑り込ませている」

「そんなに正直で、生きにくくないんですか」

「プラスになりそうなときにしか、たぶん、正直になっていない」

　私の口達者《くちだっしゃ》なところは父の血なんだろうなあ、と直感した。嬉しいような気もするし、虚しいような気もする。それでもすごいのは、生きにくいかどうかという質問さえ、まんまとはぐらかしてみせたところなんだろう。私もやることだからこそ、やっていることが透けて見える。

「いまからする話は、ひとつの出来事を、ひとりの視点から語ったものだ。話半分で聞いてほしい。まず、晴美は産褥《さんじょく》期精神障害になった。ヒポクラテスは古代から見抜いていたのに、当時の私は無理解だったので、最初はちょっとした出産のストレスかと思って重大だと思ってなかったんだが、次第に、悪魔が史乃を奪いにくるとか、この子は史乃じゃないから返してとか、まあ大変なことになってしまった。ときどき正気《しょうき》に戻ったり、またときどきおかしくなったり、妄想と現実のあわいで苦しみながら生きていた。だから、むかしはあんなんじゃなかったんだ。芸術家になりたいなんて、これっぽっちも思っていなかった。本を読むのが好きで、輸入家具の量販店で時間を潰すのが趣味の、奥ゆかしさあふれる女性だった」

「奥ゆかしさがあふれるってヘンですね」

「そこが気になるのか……」

「相槌代わりです、同情してます」

「私が未熟なばかりに同情を誘うような言いかたになってしまったが、あのとき苦しかったのは、大変だったのは、晴美自身だったと思う。あの生活で、なにかを選択できるのは私だけだった」

「その話は、もうだいじょうぶです、ありがとう」

「私のほうからもいいか」

「いいですよ、でも、明日まであるんですよね」

「そうか、貼り紙を見たんだっけな」

「そろそろこの休憩室を使うひとがいるので、場所を移したいです。あと、おなか減ったんです」

「気が利かなかった」

私がリードして、休憩室から厨房に移動する。

石巻さんにふたり分の料理を出してもらった。磯崎さんには承諾をとって、店内で食べながら話すことにした。

「それで、私はずっと、史乃に嫌われていると聞いていたんだが」

「ママから？」

「やっと敬語じゃなくなったな」

ほんとうだ……じぶんで気がつかなかった。

私の敬意はいつも自己保身で、ひとに馬鹿にされないためとか、相手との距離をとるためとか、そういう風に使われる。それがなくなったということは、精神的に近づいたということなのかもしれない。

「それで、そう、晴美から聞かされていて、だから驚いたんだ」

「私だって、パパは子ども嫌いだから育児放棄したって」

「そうか、このままじゃ晴美が悪者になってしまうから、伝聞はやめよう」

「ほんとうはちがうってこと」

「注釈が許されるなら、史乃のことは好きだし、晴美の通院費、生活費、養育費すべてを誠実に出してきたつもりなんだが……」

「それは親の義務だからじゃなくて」

そうだなあ、と、父は大きく間をとった。

受け売りの質問でも、ひとを困らせるには十分だった。

「じゃあ、そばにいてくれなかったのは」

「私の……弱さだと思う。出来損《できそこ》ないが勝手に選んだベターな道だった」

「それはしょうがなかったの？」

「こんな情けないことを言いたくないが、あれはしょうがなかったと思っている。他人から見れば、もっと努力できることはあったかもしれんが」

「だったら、しょうがないことはしょうがないと思う」

「私を……許してくれるのか？」

言いたかったことを言ったような、聞きたかったことを聞いたような、張り切った質問が、私と父の温度差をいまさらながらに強調する。

相手との距離を測るのはむずかしい。タイミングの合わない相手なら、どうしてもことばのおしりを摑む外ない。けれど、ことばだけを捉えたところで意味も意図も闇のなかにある。好きという意味で嫌いということもあって、そのことばだけ引用して、嫌いって言ったじゃんと主張してもしかたない。

逆に相手との距離がわかってさえいれば、ことばの重要度は下がる。嫌いと言っても、ああ好きってことなんだなとわかる。距離感を喪失しているのだから、もっと慎重に発言すべきだった。私と父の二点間には、かつて何年分の距離があって、いまどれぐらい縮まったのだろうか。きっとたがいに計測し損ねていて、ほんとうは、あまりことばでやりとりすべきじゃないんだろう。

「許すとか許さないとか、そういうのはないかな。私は、なにもわかってないから。私は、選べなかったから。私は、そのとき、そこに居ながら、同時に居損ねてたから。存在していて、存在し損ねていたから。この話に、私は最初から欠けていたんだと思う。欠如で、喪失で、不在。欠如した父を捜す不在の娘なんだと思う。だから許すことはできないんだけれど、それでも、あのときのパパを、いまのパパがしかたないと思うんだったら、それはそうなんだと思う」

「欠如した父を捜す不在の娘……こんなに苦しくなることばを、いままで聞いたことないかもしれない。もしこれから私にまだチャンスがあるなら、その居損ねていたのに不幸にされてしまった史乃の過去を、私は取り戻したい」

ここまで言っても、父の意気込みは燃え続けていた。

――取り戻す、か。

磯崎さんも言っていたけれど、たぶんそれは無理なこと。これまでの情報がどれだけ誤《ご》配《はい》で成り立っていたとしても、それを修復したとしても、あのとき受け取ってしまった不在票をなかったことにはできない。

「途中なんだけれど、ごめん。もう行かなきゃいけないから、臣さんのところに行ってくるよ。あとでいいから、答えを聞かせてほしい」

「いいよ。行ってらっしゃい」

父の後ろ姿は、彼の人生の虚しさを表象していた。寂しいのではなく、悲しいのではなく、虚しい人生。事情の一部を知ってしまったからこそ、それが見えたのかもしれない。

そして、私もまた、その一部だった。

＊

あれから何時間経っただろうか、それともまだ数十分も経っていないか。

思考は、嫌というほど、綿々と連なってゆく。止まらない。考えたくなくとも、考えてしまう。

「史乃、打ち上げ始まるよー」

扉の向こうから歌穂の呼ぶ声がする。

今日は春休み最終日だったことを失念していた。

「行かないのー？」

「ううん、行く行く。着替えちゃうから一瞬だけ待って」

歌穂の声で助かった。いいタイミングだった。

すぐに合流し、打ち上げに向かう。

「史乃ちゃん、歌穂ちゃん、おつかれさま」

私たちは挨拶をする。

いつものように石巻さんがバーテンダーのコスプレをしていて、既に顔を赤くしている理菓さんと磯崎さん。由衣先輩だけがマトモそうで、杜子さんは不在らしい。

「なにが飲みたいですか」

「ココアラテってできますか」

「もちろん、半年前に臣さんが業務用のスチーマーを購入してくださったので」

「なにを言っておる、諒太が店の金で勝手に買ったんじゃろうが」

ゆるく悪びれる石巻さんが無邪気で、まるでお父さんに甘えている子どもみたいで、とても可愛くもあり、とても羨《うらや》ましくもあった。

そこからみんなで春休みの話をした。

由衣先輩と理菓さんは、チラシを配ることと撒くことのちがいをずっと議論していたらしい。

歌穂はメイド服のパターンを何個も考えたらしい。

石巻さんは若い子向けの新メニュー修行で三十も作って、ぜんぶ歌穂にボツにされたらしい。

　磯崎さんは、私を見つけたことがなによりも大きい出来事だと言ってくれた。

「言っていなかったが、応募は他にも四十あった。茅場くんを選んだのは、日橋くんのレコメンドというだけではなく、実際にうちで活躍してくれそうだと思ったからなんじゃ」

「オーナー、どんなところがそうだったんですか」

「答えること自体が不都合になるような質問にも、じぶんの考えていることを答えてくれた。入居試験と称して二段階チェックをしたが、まちがいなく、答えを求めないと気が済まないタイプだと思ったんじゃよ」

　磯崎さんの、自信あり、といった顔が逆に私を恥ずかしくさせる。

「史乃ちゃんにとってどんな春休みだった」

「私ですか……」

　私は、この質問をずっと待っていたような気もするし、絶対に回避したかったような気もする。みんなが私の話に興味を持っている。話を待っている。

「そうですね、私は、父に会えました」

「わしは不幸になるからやめろと言ったんじゃが」

「オーナーは、いちいち口を挟まないで。それでそれで、どうだったの」

「磯崎さんから不幸になるって忠告されていたので、できるだけ期待をなくしてから会おと思ったのですが、私はそんなに出来た人間ではありませんでしたね。会えると思ったらもう他のことが手につかなくて、心ここにあらずで、会うまでドキドキして、会ってからも感動しちゃって、なんて話せばいいかわからなくて、じぶんらしくない喋りかたになって、それでもずっとしあわせでした、そこまでは……」

「そこまでは……？」

「そっからは、つまりいまもなんですけれど、苦しかったです。なんでかわかりません。なんでなんでしょう。失望のような、怒りのような、得体の知れない感情に圧し潰されそうなんです」

「茅場さんはなにを期待していたのでしょうね。もちろんドラマのマンネリズムを演じるつもりはなかったと思うけれど、再会するとか、和解するとか、そういうことに法外な意味を期待していたんじゃないかしら」

　理菓さんの言う通り、ありもしない意味を期待していたのか、私は。

「史乃ちゃんは、じぶんに父親がいないってことをどういう風に思ってきた？」

「正直、あんまりわかりません……すごく重大なことだと思っていた時期もあった気がするし、まったくどうでもいいことだと思って忘れていたこともあったような」

「史乃は、うちの家族と一緒にいるとき、楽しそうなんだけれど、なんかつらそうだなって思ったよ」

「歌穂の家族、そうかもしれない。普通の家族を見るたびに、私は欠陥なのかなって思ってたかもしれない」

「ほんとうにそう思っておるのか」

「どういう意味ですか」

「欠けているものなんて、ないんじゃあなかったのか」

そう言えば、二週間前、私はそんなことを言っていた。欠けることさえできない。私は欠けていたのだろうか。

「史乃ちゃん、私の話、してもいい?」

「はい、もちろん」

「ありがとう。私もって言うとちがうよって言われちゃうかもしれないけれどね、私もお母さんがいないの」

「由衣先輩も」

「うん。オーナーもだけどね。私が産まれてすぐ男を作ってどっかに消えちゃったっていう話だけ聞いていたんだけれど。だからと言って、べつになにか不自由はなかったし、そんな親に会いたいなんて思わなかったんだけど、祖母は会ったほうがいいってずっと言っていたの。私を押しつけられて困っていたのか、ほんとうに私を心配してくれていたのかわからないけれど、会ったほうがいいんだって言ってた。それで私、苦しくなっちゃって。

会わなくていいと思っているのに、会わなきゃいけないってプレッシャーを感じちゃって、なにもわからなくなって、なんかそのときの私と、いまの史乃ちゃんがどこか似ているような気がしたの」

「私、不幸ですかって父に聞いたんです。そしたら父は、じぶんが不幸にしたって答えたんです。それで、私、不幸なんだなって思ったんです。これまでじぶんが不幸だなんて明確に意識したり思ったことなかったから」

「すまんな……事前にわしが過大に念押しをしたばかりに」

「いえ、磯崎さんに言ってもらえたことが、いま腑《ふ》に落ちたんです。磯崎さんに、いまの生活も悪くないだろうって言われたとき、私のなかでは確信していたんです。いまの生活のほうがいいです。でも、父を捜したいんだって言っちゃった」

「古街くんが言った、プレッシャーじゃな」

「親にも事情があるという意見には基本的に同意できますし、私にもきっと傷みたいなものがあるんだと思いますが、私はべつに親を捜す必要なんてなかったんじゃないかなって」

「でも周りは、家族というのを大前提にしてくる。親と子をセットにしてくる」

「そうですね、イベントごとに家族でなにをするかっていう話になりますし、授業でも家族という枠組みを使うことがあります。そのたびに私は、じぶんの失《な》くしたものを知らしめられていました。でもそれを補う必要なんてなかったんじゃないかって」

「なるほど。周りにとって、セットのはずの父親が不在であるというのは穴じゃからな、当然その穴は埋《う》めるべきだという風になる。そういうやつらの価値観を、無邪気に押しつけてくる。うんざりしたじゃろう」

「うんざりしましたが、ここにきてその価値観をじぶんに押しつけたのは、他でもなく私自身なんですけどね」

「史乃は、いま楽しいの？」

「うん、楽しいよ。おもしろい先輩たちがいて、朝礼にだれも集まらない日があるほど社会性がなくて、それでもひとの相談にはバシバシ答えていて、哲学を勉強しながら、その方法だけに縛られないように模索していて、料理は美味しくて、飲み物は温かくて、メイド喫茶なのに男のオーナーがいちばん人気で、かわいい衣装がたくさんあって、どれを着てもしあわせになれて、私は、ここに居られてほんとうにしあわせだなあって思うよ」

「だったら、それでいいのかもね」

「うん、ぜんぜん悪くない。不幸だったとしても、これ以外ない毎日がここにある。幸福も不幸も、どっちも私の人生だから、どっちも大切にしてあげたいな。私、なんで親なんか捜したんだろう」

　酔うと弱いのか、由衣先輩は泣いていた。つられて私も泣いてしまった。

歌穂は、すごいねと言って笑ってくれていた。

親捜しは苦しい。しあわせにもなれるが、それは続かない。ほんとうのことは過去にしかなくて、それを実際に取り戻すことはできない。どんなに注釈を重ねても、どんなに説明を加えても、会った瞬間から、親も子も、過去の穴埋め作業に引き戻される。誤配した荷物の照合に終始する。

自慢の娘であることが成功ではなくて、尊敬できる父であることが目標ではなくて、過去の選択を注釈することが和解ではなくて、むかしのように呼び合うことが再会ではなくて、だとしたら、親捜しってなんのことを言うのだろう。過去の意味を再構築することなのか、過去のブランクを一気に理解し直すことなのか、愛されていたことを現在のなかで思い起こすことなのか、愛されていなかったことを過去のなかで思い出すことなのか。

「でも、まあ、そんなことはどうでもいっか」

いま居る場所が、こんなに楽しいなら、こんなにしあわせなら、こんなに居場所であるなら、再会とか自慢の娘とか、そんなことはどうでもいい気がした。

「私はね、みんなのことが大好きだよ」

今日の夜は、ちょっとした感傷的な気分を帯《お》びながら更けていった。私の夜は、すべてがあやふやで、すべてがまどろんでいて、うとうとした輪郭《りんかく》の世界だった。正解も不正解も、幸福も不幸も、正義も不正義も、愛も憎しみも、関係も無関係も、すべてが相互浸透し、どちらでもありながらどちらでもないような、夢と現実の世界だった。

かった。

　　　　　＊

学校のチャイムの、音という音が学校中で鳴り連なり、その空間はほとんど音でしかなかった。

たった十四日のあいだ聞いていなかっただけで、それはひどく懐かしく響く。

夕立《ゆうだち》のような轟音が鳴り止み、人間の音が空間を取り戻し始めた。

廊下を駆ける音、椅子を引く音、数種類の集団の話し声、黒板消しクリーナーの叫び、扇《あお》がれた下敷きの怪音。

担任が廊下の奥に姿を現し、外で交流していたひとだかりが、まるで砂でもかぶったかのように避難してくる。

起立し、気をつけ。礼をし、着席する。クラス全員がこの手続きをこなしたかどうかチェックされ、問題がなければ教師は段取りを進める。

新しいクラスで、新しい生活が始まった。

まえはどのクラスだったか、担任はだれだったか、なんの科目が好きか、体育の授業はどの教官だったか、弁当派か購買派か、一年のときは皆勤賞《かいきん》だったとか、成績表を優で埋めるのにあとひとつだったとか、友だちと離れたとか、またおなじクラスだとか、以前に広まった噂の真相とか、そんな話題で埋まっていた。

男子はバトル鉛筆を転がしながら、既に体育祭のリレーの話をしている。仲良くなるのが早くてうらやましい。

——じぶんの作った結びつきには永遠の責任がある。

私はなんの話をしよう。

春休みの話を振られたら、どんな表情《かお》をしよう。

この期間にも部活動があったらしく、あいかわらず野球部は迷惑な正論を口にし、サッカー部は日焼け度合いが即ち彼自身の株価となり、美術部は妄想の腕をあげている。陸上部は連帯感を履きちがえ、バスケ部は汗臭くあるべきだという感じが増し、軽音楽部はこれ見よがしにチューニングをするのがかっこいいと確信していた。

それがダサいなんて思わない。

私は、きっとずっとうらやましかったんだ。

それぞれちょうどよい場所で生きている。

「しのーの」

「もう、イタリア人みたいに呼ばないで」

歌穂が話しかけてくれる。笑いかけてくれる。やっぱりこの春休みで、仲良くなった気がする。

「古街先輩みたいな言いかただったよ」

「どこが」

「ねえ、日橋さん、茅場さん、古街先輩ってだあれ？」

クラスメイトが声をかけてくれる。固有名に興味を持ってくれる。会話はここから始まってゆく。

私たちが仲良くなり始める瞬間。その一瞬が滲《にじ》んでしまわないように、祈りを籠めながら、気持ちを託しながら、たった一本の心もとないロープに存命を預けながら、私たちは思い切って話し出した。

歌穂は、職場の賢い先輩たちと濃密に暮らしながら、たくさん衣装を作った話。

私は、新しく出会った哲学者の話。父親と会った話。

「へえ、ふたりともすごいね。どうやったらそんな人生を送れるの？」

私と歌穂は同時に目を合わせた。

にこやかに、あたたかく、情報量の多い友情のアイコンタクト。

幸福感が、輪郭のある感情をすべて溶かしていった。

色も、形も、原因も、理由も、なにもわからなくなったポジティブな感情で、私たちはだらしなく笑った。

そのあたたかさは、幻のような強度で全心《ぜんしん》を抱きしめた。ずっと浴び続けていたらすべての現実が幻想に傾いてゆくように思えるほどあたたかく、愉しく、青春的な語法で私の心に日向《ひなた》を創った。

——欠けているものはあると思うか。

そんなものはどうだっていい。いまなら答えることができる。問うべきことではない。

私は、やっと、一歩だけ進んだ。

私の、生きたい世界へ。

後日談

「友だちはできたか」

「やめてくださいよ、磯崎さん」

「いやあ、質問は変わっておる」

「できたか、ですか。一昨日クラス変わって新しい友だちができたかなんてまだわかるものじゃないですよ。歌穂とは友だちになれたんじゃないかなって思います」

「友だちじゃあなかったんか」

「距離は思ったよりあったし、家のこととかになると私が殺伐《さつばつ》としちゃって、関係をよそよそしくさせちゃってたんだなあって気づけました」

磯崎さんは満足そうにうなずいた。

「守りたいものは、守れたか」

「それもどうなんでしょう。でも守りたいものが変わった気がします」

「ほお、ぜひ教えてくれ」

「いままではじぶんを守りたかったのが、すこし大きくなって、この場所を、この場所の歴史も未来も守ってゆきたいなって思ったんです」

「居場所を自衛するというのは、大変じゃ。じぶんを守るだけなら引きこもればよいが、居場所には安全地帯がない。脅《おびや》かされるだけで、得られるものがない」

「ハイリスクでノーリターンなのは織り込み済みですよ。それが自衛というものだと思って、もう諦めてます」

「自衛はいつもコストばかりかかって、なにも得ることがない」

「それでも、ちゃんと守れた、という実績が残ると思うんです。守りたいものをちゃんと守れたっていう経験は、リスクとかリターンとかコストとか、そういった経済的な概念を超越する気がします」

実はわしもおなじような考えじゃ、と不敵に笑った。

わざと対立する意見を出して、相手を試すいやらしいところがある。そのおかげで気づけたこともたくさんあるけれど、そんな模擬悪性的な生きかたをしていて、性格の悪いひとだと思われていて、磯崎さん自身は辛くないのだろうか。

「情誼《じょうぎ》に厚いやつじゃ」

「どうなんでしょうね」

磯崎さんのなかで、私はどのような評価を受けているのだろう。

ふとそんなことを思ったが、それはべつにどうでもいいことでもあった。

「史乃、筆記用具もってホールに集合だって」

「わかった、ありがとう」

歌穂が休憩室の前で、私に連絡した。

「なにがあるんだろう」

「勉強会じゃよ」

「なんの勉強ですか」

「古街くんと理菓くんが言い出したんじゃが、お前さんたちに学校の勉強を教えたいそうじゃよ」

春休みは一秒も勉強しなかったのがバレているのだろうか。学校の勉強も、テストも、ひどくむなしいものに感じられるが、それでもきっとやるべきことだからやっているのだろう。

「そうか、私、高校生ですもんね」

「まさか忘れとったんか……まあ無聊《ぶりょう》な日々を送るよりよかろうが、とにかく週明けの実力テストで良い点をとらせてあげたいということらしい。やつらの薫陶《くんとう》を受けてくるとよい」

「ありがとうございます」

由衣先輩も、理菓さんも、勉強の教えかたがうまかった。

主人公の気持ちを当てろ系の問題は認知心理学で考えると簡単に解けるとか、計算系の数学は検算するだけで実力がつくとか、古典は註釈に答えが書いてあるとか、効率的に得点するためのテクニックをいくつも仕込まれる。ソファンディの子が赤点じゃ赤っ恥だからね、とそれっぽいことを言っていたけれど、由衣先輩の愛情をひしひし感じることができた。

甘いものがほしいと言えば石巻さんがジェラートを出してくれる。俺はこれしかできませんから、という彼の口癖が出るタイミングもだんだんわかってきた。

たがいを知りながら、交感しながら、対話しながら、ここにいるみんなで今日を笑って暮らせることが私の毎日になって、望んでいた形じゃなくとも、理想の実現ではないかもしれないけれども、それはなににもかえがたいしあわせな人生なのかもしれない。

ここで暮らしてゆく。ここに没《ぼっ》してゆく。存在の証明なんかなくとも、あらかじめ完成した家族という全体を持たなくとも、私はだいじょうぶ。歌穂が居てくれる。由衣先輩が居てくれる。石巻さんが居て、理菓さんが居て、杜子さんが居て、磯崎さんが居る。ソファンディがある。

捨てる神が捨てて、拾う神が拾って、私はモノ拾いの神の養子縁組《えんぐみ》みたいなもので、そんな私の一生がどんな一生になるのか、私自身で見てみたい。

「磯崎さん、由衣先輩、突然ですが、拾ってくれてありがとうございます」

「急になに言ってるの、史乃ちゃん」

「言ったとおりじゃろう」

「拾う神になった気分はいかがですか？」

「私たちが、史乃ちゃんを拾った神……？」

「はい、神です」

「わしは、拾ったからには最後まですくなくともお前さんの親父より健康じゃからな」

「私は、そうねえ……」

由衣先輩は、迷いに迷った挙句《あげく》、もうちょっと名前のかっこいい神になりたかったわ、と笑いながら的外れの注文をした。

珍しく磯崎さんがツッコミを入れ、歌穂がその写真を撮っていた。楽しそうな雰囲気につられてやってきた石巻さんのせっかくの第一声を遮るように、勉強に戻ってくださいと理菓さんが注意を促す。

これが私たちの小さくて大きな居場所だった。

あとがき

逢坂千紘《あいさかちひろ》のあとがきです。

はじめまして。本書を手にとっていただきありがとうございます。こうして本を通じてお会いできたこと、本当に本当にうれしく思います。

『ようこそ哲学メイド喫茶ソファンディへ』というタイトルから、どんな世界を想ったでしょうか。甘くてゆるくてふわっとした世界でしょうか。それとも哲学のアカデミックな議論世界でしょうか。措定された中心テーマは、萌えの存在論《オントロジー》とかアキバのカルチュラル・スタディーズでしょうか。最低限度のマナーとして、スカートの一枚や二枚はめくれるはずだったかもしれません。

それらの期待がことごとく外れたあとも、本作品は、味読するに足りたでしょうか。このあとがきが、ご愛読の結果として読まれているでしょうか。そうであってほしいと願いますが、そうでなくてもいいからこそ、本は自由なのかもしれませんね。

ここではいまから、セルフライナーノーツのようなものをやらせてもらいます。はじまりはトーマス・ジャクソンという哲学者です。彼は「little-p philosophy」（小文字の哲学）という風変わりな哲学を提唱したひとで（『Home Grown』）、その内容は「世界の意味を正しく受けとるために信じていることの一式」だそうです。なにがなにやらといった感じですが、要するに、否定や懐疑の仰々しい哲学ではなく、彼は「肯定の哲学」を模索しようとしたのだと私は理解しております。世界を肯定するために始める思考。

そこから「小文字の哲学をジュブナイルで書きたい！」と思ったのですが、現実的には熾火《おきび》だけがくすぶる日々でした。出勤と退勤が周期的に発生し、生活とか日常とかやっていきとか暮らしといった概念が全方位から理想を侵食するのです。

そんなときの転機。ジュンク堂に行く元気、だけはあったから天気が好《い》いなか池袋にチェックイン。エスカレーターに乗るのが便利、だけど階段で地下にランディング。そこで『星海社FICTIONS』と出合い、本書の元となった「欠けているものに住まうこと」をつくりあげました。

全体を通して描きたかったことは、考えるということです。〈人間は心臓でモノを考えている〉という古代エジプトのイメージをあらためてからまだ一世紀ほどしか経っていませんが（ロブ・ダン『心臓の科学史』）、その刷新の流れのなかで、合理的思考といったきわめて単純化された特徴がもてはやされ、いまでは必須道具のようにうたわれております。

合理的思考を身につけたと思い上がっている大人たちが「じぶんで考えろ／ちゃんと考えろ」と命じてくるのですが、言っていることがさっぱりわからないこともしばしばです。伝授不能、習得不能、定義不能の三大疾病にかかった「考える／考えろ」を癒すことなく、ただただなにかを都合よく命じるための道具としてしまっているようで、私はとても切なくなります。

もしあなたが「論理的思考のスキルを鍛えよ」という筋肉質な価値観に倒されそうになってしまったら、史乃のことを思い出してもらいたいのです。

家族というひとつの完成された全体を欠いてしまってもなお、穴埋めなんかしなくていいんじゃないかとためらってみせる姿を思い出してほしいのです。「べつにいいよ」とあえて深刻がらない選択肢をなくさないでほしいのです。「筋力が足りなかったんじゃなくて、むしろ力が入りすぎていたんだ」と考えなおして、〈思考の筋トレ〉だけではなく〈思考の柔軟体操〉のほうに向きなおしてもらえたらうれしいなと思います。そうすれば、深刻になってしまいそうなときでも笑うことができるものです。

笑えないときというのは、愛も、友情も、親切心も、冒険心も、好奇心も、すべてが取り消されてしまいます。だから笑っていてほしい。深い深い穴の底に落ちてしまいそうなときこそ、裏も含みもなく笑っていてほしい。正義とか、価値観とか、責任とか、優劣とか、尊厳とか、原理とか、常識とか、親の言っていることとか、大企業の社長が言っていることとか、もちろんそれが大事なときだってあるけれど、だれかやなにかの言葉じりだけをとらえることにこだわってしまったら、深刻になる一方で、笑顔のチャンスを逃してしまうと思います。

『ようこそ哲学メイド喫茶ソファンディへ』には、笑っていてほしいという願いと祈りをこめております。その願掛けが、書物という蝶々にのって、鱗粉のようにあなたに掛かりますように。これが本当の掛詞、ということで、おあとがよろしいようで。またいつかお会いする日まで。

メイユール・パンセ、逢坂千紘

本書は星海社ＦＩＣＴＩＯＮＳ新人賞受賞作品『欠けているものに住まうこと』を改題し、加筆・訂正のうえ出版したものです。

Illustration　西尾雄太
Book Design　名和田耕平デザイン事務所
Font Direction　紺野慎一

使用書体
本文――――A-OTF秀英明朝Pr5 L＋游ゴシック体Std M〈ルビ〉
柱――――A-OTF秀英明朝Pr5 L
ノンブル――――ITC New Baskerville Std Roman

星海社
FICTIONS
ア3-01

ようこそ哲学《てつがく》メイド喫茶《きっさ》ソファンディへ

2017年4月14日　第1刷発行　　定価はカバーに表示してあります

著　者 ―――― 逢坂千紘《あいさかちひろ》

発行者 ―――― 藤崎隆《ふじさきたかし》・太田克史《おおたかつし》
編集担当 ―――― 石川詩悠《いしかわしゅう》

発行所 ―――― 株式会社星海社
〒112-0013 東京都文京区音羽 1-17-14 音羽 YK ビル 4F
TEL 03(6902)1730　FAX 03(6902)1731
http://www.seikaisha.co.jp/

発売元 ―――― 株式会社講談社
〒112-8001 東京都文京区音羽2-12-21
販売 03(5395)5817　業務 03(5395)3615

印刷所 ―――― 凸版印刷株式会社
製本所 ―――― 加藤製本株式会社

ISBN978-4-06-139966-2　　N.D.C913 218P.　19cm　Printed in Japan

SEIKAISHA

星々の輝きのように、才能の輝きは人の心を明るく満たす。

その才能の輝きを、より鮮烈にあなたに届けていくために全力を尽くすことをお互いに誓い合い、杉原幹之助、太田克史の両名は今ここに星海社を設立します。

出版業の原点である営業一人、編集一人のタッグからスタートする僕たちの出版人としてのDNAの源流は、星海社の母体であり、創業百一年目を迎える日本最大の出版社、講談社にあります。僕たちはその講談社百一年の歴史を承け継ぎつつ、しかし全くの真っさらな第一歩から、まだ誰も見たことのない景色を見るために走り始めたいと思います。講談社の社是である「おもしろくて、ためになる」出版を踏まえた上で、「人生のカーブを切らせる」出版。それが僕たち星海社の理想とする出版です。

二十一世紀を迎えて十年が経過した今もなお、講談社の中興の祖・野間省一がかつて「二十一世紀の到来を目睫に望みながら」指摘した「人類史上かつて例を見ない巨大な転換期」は、さらに激しさを増しつつあります。

僕たちは、だからこそ、その「人類史上かつて例を見ない巨大な転換期」を畏れるだけではなく、楽しんでいきたいと願っています。未来の明るさを信じる側の人間にとって、「巨大な転換期」でない時代の存在などありえません。新しいテクノロジーの到来がもたらす時代の変革は、結果的には、僕たちに常に新しい文化を与え続けてきたことを、僕たちは決して忘れてはいけない。星海社から放たれる才能は、紙のみならず、それら新しいテクノロジーの力を得ることによって、かつてあった古い「出版」の垣根を越えて、あなたの「人生のカーブを切らせる」ために新しく飛翔する。僕たちは古い文化の重力と闘い、新しい星とともに未来の文化を立ち上げ続ける。僕たちは新しい才能が放つ新しい輝きを信じ、それら才能という名の星々が無限に広がり輝く星の海で遊び、楽しみ、闘う最前線に、あなたとともに立ち続けたい。

星海社が星の海に掲げる旗を、力の限りあなたとともに振る未来を心から願い、僕たちはたった今、「第一歩」を踏み出します。

二〇一〇年七月七日

星海社　代表取締役社長　杉原幹之助
代表取締役副社長　太田克史

☆星海社FICTIONS
伊吹契×大槍葦人が贈る“未来の童話”——
アリス+エクス+マキナ
ALICE EX MACHINA
高性能アンドロイド・アリス——
その普及に伴い、彼女たちの人格プログラム改修を行う“調律師”たちも、
あちこちに工房を構えるようになっていた。
ある日、調律師である朝倉冬治の工房に、
15年前に別れた幼馴染と瓜二つの顔を持つ機巧少女《アリス》が訪れる。
ロザと名乗る彼女は一体何者なのか。何故工房に現れたのか……。
哀しくも美しい機巧少女譚《アリス・メルヘン》がはじまる。
星海社FICTIONS新人賞を受賞した
第一巻、全470ページを
星海社WEBサイト最前線にて公開中
http://sai-zen-sen.jp/awards/
alice-ex-machina/

☆星海社FICTIONS
30歳のルーキー《ニート》、
戦場に立つ！
PMSCs
Private Military and Security Companies
芝村裕吏
YURI SHIBAMURA
MARGINAL OPERATION
マージナル・オペレーション
ILLUSTRATION
しずまよしのり
ニートが選んだ新しい人生《オペレーション》は、年収600万円の傭兵稼業。
新たな戦いの叙事詩《マーチ》は、ここからはじまる――。
新鋭・キムラダイスケによるコミカライズ、
『月刊アフタヌーン』にて連載中。
新たなる英雄譚を目撃せよ。